書下ろし

雇われ刑事

南 英男

祥伝社文庫

目次

第一章　同期の殉職（じゅんしょく）

1

読経（どきょう）の声が高まった。

僧侶は二人だった。住職と副住職である。父と息子らしい。

中野（なかの）区内にある寺の本堂だ。

およそ一カ月半前に殉職した警察官の納骨の法要が営（いとな）まれていた。いわゆる四十九日だ。二月上旬のある日だった。正午（しょうご）前である。

津上達也（つがみたつや）は、末席の椅子に腰かけていた。

本尊の前の祭壇の上に置かれた骨箱を見つめているうちに、涙腺（るいせん）が緩（ゆる）んだ。視界が霞（かす）む。故人の逸見徹（いつみとおる）は、自分と同じ三十八歳だった。若くして亡（な）くなった死者の無念さは痛いほどわかる。

事件は、去年十二月十七日の夜に四谷署管内で発生した。

逸見は裏通りで何者かに大型バールで頭部を幾度も強打され、搬送先の救急病院で息を引き取った。救急車が到着したとき、すでに被害者の意識はなかった。

逸見は、警視庁警務部人事一課監察室の主任監察官を務めていた。職階は警部だった。被害者は監察業務中に撲殺されたと思われるが、これまでの捜査で容疑者は明らかになっていない。

監察室は、警察官の犯罪や不正を摘発する部署だ。いわば、警察の中の警察である。そうした役回りのせいで、他の部署の者たちには疎まれていた。実際、敵視する者が少なくない。

監察室の室長は、警察官僚の首席監察官だ。

その下に三人の主任監察官がいて、それぞれ十四人の部下を抱えている。ちなみに、平の職員には〝官〟は付かない。単に監察係と呼ばれている。

総勢四十六人で、約四万五千人の警視庁職員たちの品行をチェックしているわけだ。

スタッフは一般の刑事と同様に尾行や聞き込みをしているが、職務を〝捜査〟とは言わない。〝調査〟と称する。任務対象が犯罪よりも、素行不良が多いからだ。

津上は、殺害された逸見と同じ年に警察学校に入った。出身大学は違ったが、ともに東京育ちということで、妙に気が合った。価値観もよく似ていた。

逸見は文武両道に秀でていたが、気さくな性格だった。優れ者でありながら、万事に控え目で好ましかった。正義感は強かったが、人情家でもあった。ことに弱者に優しかった。

津上は警察学校を出てからも、逸見と親交を重ねてきた。配属先が一緒になったことは一度もなかったが、年に四、五回は酒を酌み交わす仲だった。

津上は一年間の交番勤務をしたあと、所轄署刑事課を数年ごとに異動し、三十一歳のときに本庁捜査一課強行犯係に任命された。それ以来、一貫して殺人犯捜査に携わってきた。

津上は、刑事を天職と思っていた。当然、停年まで仕事を全うするつもりだった。ところが、二年前に依願退職せざるを得ない事態になってしまった。

その日、津上はある強盗殺人事件の被疑者宅を所轄署刑事と一緒に張り込んでいた。

被疑者には前科歴があった。そのせいで、警察の動きには敏感だった。張り込んでいることを覚られてしまった。

被疑者はたまたま自宅を訪れた自動車のセールスマンを人質に取り、逃亡を図った。津上は相棒刑事とともに人質を楯にした被疑者を追い詰めた。

逃げ場を失った犯人はいきなり人質の心臓部を刃物で貫き、自分の頸動脈を掻っ切ろうとした。津上は被疑者を取り押さえた。

だが、人質はもう生きていなかった。皮肉にも犯人は一命を取り留めた。

犯行は一瞬の出来事だった。不可抗力だったと言っても差し支えないだろう。

しかし、津上は市民を守り抜けなかったことで自責の念にさいなまれた。上司や同輩はもとより、逸見にも強く慰留された。

だが、津上は決意を変えなかった。自分なりに、けじめをつけたかったからだ。

依願退職した翌々月、津上はバーのオーナーになった。

店名は『クロス』で、赤坂のみすじ通りに面した飲食店ビルの三階にある。カウンターとボックス席が二つあるだけの小さな酒場だ。

津上は大学生のころ、銀座のカウンターバーでアルバイトをしていた。シェーカーを振り、各種のオードブルもこしらえることができる。そんなことで、酒場のマスターに転じたわけだ。

場所柄、店は割に繁昌している。従業員は、母方の従弟の森下隆太ひとりだ。

三十一歳の従弟はスタジオ・ミュージシャンだったのだが、仕事が激減してギタリストでは喰えなくなってしまった。津上は見かねて、隆太をバーテンダー見習いとして雇ったのである。人手も欲しかった。

筋は悪くなかったらしく、いまでは従弟の作るカクテルの数のほうが多い。十数種類のオリジナル・カクテルも客に供している。料理のレパートリーも増えた。

副住職に促され、未亡人の美寿々が祭壇の前にぬかずいた。黒い礼服姿だった。そのためか、肌の白さが際立つ。知的な面差しで、美しい。スタイルもよかった。

三十四歳の美寿々は薬剤師だ。五年前に逸見と結婚してからも、共働きだった。夫に先立たれても、生活に困るようなことはないだろう。

逸見夫妻は、子宝に恵まれなかった。二人は大恋愛の末に結ばれた。それだけに、未亡人の悲しみは深いにちがいない。

美寿々は面やつれしていた。

悲しみを乗り越えるまで長い時間がかかるのではないか。

美寿々が焼香を済ませると、故人の血縁者が次々に香炉の前に坐った。遺族は三十数人だった。

警察関係者は最後列に並んでいた。監察室室長、二人の主任監察官、津上の四人だった。全員、フォーマル・スーツ姿だ。

「わたしが先に焼香させてもらう」

室長の星野智将首席監察官が誰にともなく言って、椅子から立ち上がった。中肉中背で、姿勢がいい。背筋が伸びている。

星野警視はまだ三十三だが、警察官僚だ。一般警察官よりも出世が早い。エリートの典型で、どこか尊大だった。

年長者に対して敬語を使おうとしない。嫌われるタイプだろう。

星野が骨箱に何か語りかけ、長いこと合掌した。星野につづいて二人の主任監察官が香を焚いた。

津上は最後に遺骨と向かい合った。

犯人が一日も早く逮捕されることを祈りつつ、香を火の上に落とす。津上は故人の冥福を祈って、じきに自分の席に戻った。

三十代前半の副住職が骨箱を両手で持ち上げ、美寿々に渡した。美寿々が深々と腰を折り、本堂の階に向かった。

親族たちが美寿々につづく。津上たち四人も境内に降りた。

寒い。吐く息は、たちまち白く固まった。

だが、晴天だった。空は青く澄み渡っている。雲ひとつない。

美寿々を先頭に参列者が連なって墓地に歩を進めた。

逸見家の墓は、東の外れにあった。墓標は、さほど大きくない。囲い石は巡らされていなかった。石材店の男性従業員が納骨室の石蓋をずらして、待ち受けていた。

「お願いします」

美寿々が骨箱を胸に抱きかかえてから、石材店の者に委ねた。相手が恭しく受け取り、そっと骨壺を取り出した。

「徹……」

故人の母親が泣き崩れた。連れ合いが無言で妻の体を抱え起こす。ともに六十代だ。逸見の弟と妹が、ほとんど同時に嗚咽を洩らしはじめた。親族たちも涙にくれた。啜り泣きが重なる。

津上も目頭が熱くなった。胸底では、悲しみと憤りが交錯していた。

石材店の従業員が骨壺をカロートの中に納め、静かに石蓋で覆った。後で隙間にセメントを埋めるのだろう。従業員が墓から離れた。

美寿々を筆頭に縁者たちが次々に線香を手向けた。警察関係者も、それに倣った。

「本日はご多忙の中、故人の納骨に立ち会ってくださいまして、厚くお礼申し上げます。庫裏の座敷に供養の膳を用意してありますので、みなさま、そちらにお移りください」

逸見の実父が一礼し、列席者を導きはじめた。身内が遠ざかると、星野警視が津上に話しかけてきた。

「おたくは、確か二年前まで殺人犯捜査五係の主任警部補だったよね？」

「ええ。それが何か？」

「四谷署に設置された捜査本部の第一期捜査には三係が出張ったんだよ。しかし、三週間経っても、容疑者の割り出しもできなかった」

「それで、五係が追加投入されたと聞いてます」

「そうなんだ。おたくがいたころの五係は優秀だったらしいが、結局、第二期捜査でも犯人の絞り込みはできなかった。で、八係の連中が第三期捜査に加わったんだが、未だに逸見主任を殺った奴を検挙てない」

「ええ、そうみたいですね」

「わたしたち監察業務に携わってる人間は、スパイとか裏切り者と毛嫌いされてる。だから、捜一は本気で加害者を割り出す気がないんじゃないだろうか」

「そんなことはないでしょう。逸見は主任監察官でしたが、同じ警察官だったんです。被害者は身内なわけですから、捜査の手を抜くなんてことは考えられませんよ」

津上は異論を唱えた。

「そう思いたいが、捜査はいっこうに進んでない」

「らしいですね」

「第三期に入っても被疑者の特定ができないなんて、無能揃いなんだろうな」

「首席監察官、そこまで言うのは……」

水島という主任監察官がためらいながらも、上司に苦言を呈した。四十四、五の警部だった。

「言い過ぎかね？」

「だと思います」

「しかし、有能とは言えないだろ？」

「捜査本部の連中は、ベストを尽くしてるはずです」

津上は星野に言った。

「そうは思えないんだよな。それはそれとして、新宿署組織犯罪対策課の田村克則巡査部長、四十一歳をもう一度洗い直すべきだよ。逸見主任は、殺される四ヵ月前から田村を監察中だったんだ」

「そうだったそうですね。そのことは、本庁機捜初動班の者から聞きました」

「そう。その田村が広域暴力団、チャイニーズ・マフィア、不良イラン人グループ、ナイジェリア・マフィアの犯罪に目をつぶってやる代わりに百万から三百万円のお目こぼし料を貰ってた裏付け(ウラ)は取ってたようなんだ」

「それが事実なら、田村という巡査部長は間違いなく懲戒(ちょうかい)免職ですね。星野さんは、殺害された逸見から犯罪の証拠を見せられたんですか？」

「いや、物的な証拠を見せてもらったわけじゃないんだ。でもね、逸見主任は立件材料を揃えたと明言してたんだよ」

「しかし、証拠写真や録音音声は逸見のデスクにもロッカーにも入ってなかったんでしょ？」

「そうなんだがね。多分、逸見主任はそういった物を職場に置いておくのはまずいと判断して、別の場所に保管する気になったんだろう」

「そう考えた理由は、なんなんでしょう？」

「監察室に防犯カメラは設置されてないし、夜間は無人になることが多い。警察官なら、こっそり入室することは可能だ」

「首席監察官、逸見主任は仕事関係の物品を自宅に持ち帰ったことなど一度もないと夫人が証言してるんですよ」

水島が口を挟(はさ)んだ。

「ああ、そうだったな。おそらく逸見主任は、田村の不正を暴く証拠の類を職場や自宅以外の所に隠してあるんだろうね。そうでないとしたら、田村が監察室に忍び込んで自分に都合の悪い物をすべて持ち去ったにちがいないよ」

「星野さんは、新宿署の田村巡査部長を怪しんでるんですね？」

津上は問いかけた。

「臭いよ、田村は。田村はやくざや外国人犯罪者たちを強請ってるだけじゃなく、新宿署が押収した覚醒剤をくすねてる疑いもあるらしいんだ」

「その話は誰から聞いたんです？」

「逸見主任から、そういう報告を受けてたんだよ」

「そうですか」

「薬物を盗ってるという話は事実だと思う。というのはね、田村が汚れた金で囲ってる元ショーダンサーの石岡幸恵、二十六歳は五年前に覚醒剤所持で現行犯逮捕されてるんだ。一年七カ月の有罪判決を受けたんだが、三年の執行猶予が付いたんだよ」

「服役は免れたのですね」

「そうなんだ。田村は愛人にせがまれたんで、署の押収薬物を無断で持ち出してたんじゃないのかな。もしかしたら、田村自身も覚醒剤に溺れてしまったのかもしれない」

「逸見とは警察学校からのつき合いだったんで、少し個人的に捜査情報を集めてみたんですよ」

「そう」

「第一期捜査に当たった三係の知り合いの話によると、事件のあった去年十二月十七日の夜、田村には完璧なアリバイがあったそうですよ」

「ああ、そうだね。事件当夜、田村は非番で行きつけの居酒屋でずっと飲んでた。店の従業員や客たちの証言で、田村のアリバイは立証されてる」

「そうみたいですね」

「事件現場の四谷三丁目の裏通りでも、田村は目撃されてない。悪徳刑事が直に手を汚していないことは間違いないだろう。しかし、田村が誰かに逸見主任を始末させた疑いは消えてない」

「逸見は殺される四カ月前から、田村克則だけを監察してたんでしょうか」

「と思うが、どうだったかな?」

星野が水島主任に訊いた。

「逸見班は、本庁公安一課の立花正樹警部、三十五歳も調査中だったはずです」

「おっと、そうだったな。その件に関しては特に報告が上がってこなかったんで、失念しかけてたよ」

「そうですか」

「水島さん、公安一課は新左翼や過激派セクトの動向を担当してるんですよね？」

津上は確かめた。

「ええ。立花警部は、転向した過激派セクトの元活動家たちが本当に組織と縁が切れてるかどうかチェックする任務を担ってるんですよ。転向組は思想の偏りがネックになって、まともな働き口にありつけないんです」

「そうだろうな」

「だから、非合法な手段で金を稼いでる者がいるんですよ。立花警部は、そういった元闘士から口止め料をせびってるみたいなんです」

「チンケな野郎だな」

「おっしゃる通りです。立花警部が恐喝めいたことをしてると監察室に密告があったんで、逸見班が七カ月ほど前から監察を開始したんですよ」

「そうですか」

「ですが、立花警部に張りついてたのはもっぱら逸見主任の部下たちでしたね」

椎名という姓の主任監察官が、水島よりも先に口を開いた。四十年配で、短髪だった。

「そういうことなら、仮に立花という公安刑事に何か疚しさがあっても、班長の逸見だけを葬っても意味ないでしょ？」

「部下たちは、立花警部の犯罪の決定的な証拠を押さえてなかったんですよ。でも、逸見主任が独自調査で立花警部の恐喝の証拠を押さえたとも考えられます」

「そうだったなら、逸見ひとりが命を奪われたことの説明はつくな」

「ええ。ですが、その立花警部にもアリバイがあるんですよ。事件当日、立花警部は東京にはいなかったんです」

「どこか地方にいたんですね？」

「立花警部は友人の結婚式に出席するために当日の午後二時過ぎに福岡入りして、次の日の夕方に帰京してるんです」

「椎名主任、立花はシロだろう。臭いのは田村だよ」

星野が極めつけた。椎名は何か言いかけたが、口を噤んでしまった。キャリアの上司に反論するのは損だと思ったのか。

「供養の料理をいただいたら、我々は早目に引き揚げよう」

星野が二人の部下に言って、大股で歩きはじめた。水島と椎名がすぐに星野に従った。

津上は墓前から動かなかった。改めて両手を合わせる。

「おまえとこんなに早く別れることになるとは思ってもみなかったよ」

津上は墓石に声をかけた。遺族に手向けられた線香の煙が目に染(し)みる。

津上は、二年前に依願退職せざるを得なくなった自分の運命を少し恨めしく思った。現職刑事なら、逸見の事件に関する情報をもっと多く得られたにちがいない。民間人になった身では、思うように捜査情報を得られなかった。実にもどかしい。

苦肉の策として、津上は高校時代からの友人のフリージャーナリストの滝直人(たきなおと)に逸見の死の真相を探(さぐ)ってもらっていた。

滝は、三年前まで東京地検特捜部の検察事務官だった。現在は犯罪ノンフィクション・ライターとして、執筆活動をしている。津上と同じく、まだ独身だ。

滝は半月前から撲殺事件のことを調べはじめたのだが、まだ有力な手がかりは摑(つか)んでいない。そのうち何か収穫を得るだろう。

背後で靴音が響いた。

津上は振り返った。四十代半(なか)ばのインテリ然とした男性が近づいてくる。礼服ではなかったが、チャコールグレイの背広の上に黒いウール・コートを重ねている。白菊の大きな花束を抱えていた。

津上は男に会釈(えしゃく)した。相手が軽く頭を下げ、問いかけてきた。

「あなたは、人事一課監察室の方なのかな？」

「いいえ、違います。逸見と警察学校で同期だった者です。津上達也といいます」

「本庁勤めなのかな。それとも、所轄署勤務なんですか？」

「二年前まで本庁捜査一課にいたのですが、理由(わけ)あって依願退職したんですよ。いまは自営業です」

「そう。申し遅れたが、わたしは警察庁特別監察官の二神等(ふたがみひとし)です」

「キャリアの方ですね？」

「そうだが、妙な気遣いは無用だ。キャリアだが、どうせわたしは偉くなれないだろう」

「どうして、そう思われるんです？」

津上は訊(たず)ねた。

「深く詮索(せんさく)しないでほしいな。そんなことよりも、逸見君の納骨は？」

「ついさっき終わりました。身辺の方や星野首席監察官たちお三方は、庫裏にいます」

「そうなのか」

「あなたも、納骨に立ち会われる予定だったんですね？」

「星野君から納骨がきょうだと聞いてたんだが、わたしは故人の直属の上司ではないんで遠慮させてもらったんだ。しかし、警視庁監察室と警察庁(うち)は連動して毎年、六、七十人の不心得者を懲戒免職に追い込んでる。逸見君とは仕事仲間だったんで、お墓参りをさせてもらうことにしたんだよ」

「そうでしたか」

「逸見君のような高潔な正義漢が職務に励んでくれたんで、警察社会の腐ったリンゴを取り除くことができた。彼の功績は大きかったね。星野君も、故人を高く評価してたな」

「逸見は曲がったことが大っ嫌いでしたからね」

「そうだったな。本当に惜しい男を喪してしまった。まだ四十前だったのにね」

二神が長嘆息して、持参した花束を二つに分けた。墓石の両側の花立てに挿し込み、ウール・コートを脱ぐ。

二神はコートを腋の下に挟み、手を合わせて目を閉じた。釣られる恰好で、津上も合掌した。

「わたしは、これで失礼する。奥さんたちご遺族の方々によろしく伝えてくれないか。頼みます」

合掌を解くと、二神が言った。

「せっかくお寺まで来られたのですから、逸見の奥さんを力づけてやってくれませんか」

「職務があって告別式には不義理してしまったんで、やはり気が引けるな。きょうは、ここで失礼させてもらうよ」

「わかりました。無理強(じ)いはしません。遺族に代わって、お礼申し上げます。逸見のために貴重なお時間を割(さ)いていただきまして、ありがとうございました」

津上は頭を垂れた。

二神が小さくうなずき、墓地の出入口に向かった。ウール・コートは小脇に抱えたままだった。

「逸見、警察庁(サッチョウ)の偉いさんもおまえの死を悼(いた)んでくれてるぞ。親より先に死にやがって、親不孝な奴だ。そう遠くないうちに、おまえを成仏(じょうぶつ)させてやる」

津上は冷たい墓標を撫(な)で、境内に足を向けた。

庫裏の広い玄関で靴を脱いでいると、奥から美寿々がやってきた。

「いま、津上さんを呼びに行くとこだったんですよ」

「遅くなってしまって、ごめん！　警察庁の特別監察官が墓参りに来てくれたんだよ。それで、ちょっと立ち話をしてたんだ」

「それでしたら、特別監察官をこちらにお連れしてほしかったわ」

「誘ったんだが、スケジュールがタイトみたいだったんだ。ご遺族の方々によろしく伝えてほしいとのことだったよ」

「そうですか」

「奥さん、しばらく辛いだろうが、なんとか悲しみに耐えてくれないか。おれにできることがあったら、なんでも遠慮なく言ってほしいんだ」

「ありがとうございます。津上さん、とりあえず供養の料理とお酒を召し上がってください」

「遠慮なくご馳走になるよ」

津上は上がり框に立ち、美寿々のあとから奥の座敷に向かった。

2

冷えた缶ビールを飲み干す。

湯上がりの習慣だった。季節は問わなかった。

津上は、神宮前にある自宅マンションのリビング・ソファに腰かけていた。白いバスローブをまとっているだけだった。まだ体が火照っている。

津上は中野の寺から戻ると、いつものように午後四時に熱めの風呂に入った。店に出る前の習わしだった。

った。

経営しているバーの営業時間は、午後六時から翌日の午前一時までだ。土・日は休みだった。

津上は、たいてい午後五時前後に『クロス』に顔を出す。従弟は四時ごろには店に入り、仕込みをはじめている。津上は仕込みの手伝いをしてから、店をオープンしていた。

常連客は、テレビ局員や外資系企業の社員たちだった。三、四十代の男性客が多い。最近は、従弟の森下隆太を目当てに通うキャリアウーマンも増えた。

隆太はサービス精神が旺盛だった。客に請われれば、ギターの生演奏もする。伴奏さえも厭わない。そんなことで、客の受けはよかった。

津上は酒場のオーナーだが、客あしらいはあまり上手ではない。リップ・サービスは苦手だ。もっぱら客の話の聞き役だった。それでも売上が落ちていないのは、従弟の才覚だろう。

津上はセブンスターをくわえた。

二口ほど喫いつけたとき、上階の居住者が床に何か落とした。その落下音は、もろに響いた。

借りている八階建ての賃貸マンションは、築後二十五年は経っていた。外壁は煤け、壁や床板はさほど厚くない。

だが、住所は渋谷区神宮前四丁目だ。地下鉄表参道駅から三百メートルも離れていない。店のある赤坂見附駅には、地下鉄銀座線一本で行ける。利便性は申し分ない。

津上は警視庁本部勤務になったときから、このマンションで暮らしている。間取りは１ＬＤＫだが、住み心地は悪くない。表参道から少し奥まった場所にあって、喧騒とは無縁だった。

目黒区中根にある実家まで三十分もかからない。両親は健在だ。姉夫婦と同居している。

津上は長男だが、親の家を譲り受ける気はなかった。父母が他界したら、姉が実家を相続すればいいと考えている。

教育者だった父は唯我独尊タイプで、何かにつけて家族を従わせたがった。津上はそんな父親に子供のころから反抗的だった。

父は、息子を医者にさせたがった。津上はことごとく父親の期待を裏切り、中堅私大を卒業すると、警視庁採用の一般警察官になった。そのときから、父は息子に何も言わなくなった。

自分と同じ教師の道を選んだ姉に期待を抱くようになったようだ。姉は親の望む通りに仕事に励み、四十二歳で公立中学校の教頭に昇格した。まずまずの出世だろう。

父は、息子が独断で依願退職をしたことが面白くなかったらしい。バーを経営するようになると、さらに不機嫌になった。

津上は年に数回、実家に顔を出しているが、父はまともに口を利こうとしない。その分、気の優しい母が何かと気を配ってくれる。姉は父親に疎まれている弟に同情しているようだが、特に庇うことはなかった。父に逆らうようなことはしたくないのだろう。

津上は短くなった煙草の火を灰皿の底で揉み消すと、ソファから腰を浮かせた。居間から寝室に移り、身繕いに取りかかった。

といっても、長袖の黒いヒートテックの上に同色のカシミヤのタートルネック・セーターを重ね、厚手のチノクロス・パンツを穿いただけだ。色はオフホワイトだった。

津上は、たいがいラフな恰好で店に出る。従弟の隆太はボウタイを結び、黒革のヴェストを着込んでいることが多い。

アルパカのベージュのパーカを羽織ったとき、部屋のインターフォンが鳴った。

津上は寝室を出て、玄関ホールに急いだ。

ドア・スコープに片目を当てる。来訪者は名取友香梨だった。恋人である。

三十二歳の友香梨は、多摩中央署の副署長だ。名門私大出の警察官僚だった。キャリアだが、堅いイメージはない。くだけた美女だ。色気もある。

四年前、友香梨は警察庁から警視庁捜査二課知能犯係に出向していた。大口詐欺に絡む殺人事件の合同捜査に当たったことがきっかけで、二人は親密になった。

友香梨は、一年数カ月前に多摩中央署の副署長に就任した。栄転だった。キャリアの女性が荻窪署の署長を務めているが、警視庁管内百二の所轄署の署長と副署長の九十五パーセント以上が男性だ。

津上は五〇三号室のドアを開けた。

友香梨が寒風とともに入室した。制服の上にオーバーコートを着込んでいた。

「どうしたんだい？」

「達也さんが沈み込んでるんじゃないかと思って、様子を見に来たの。逸見さんの納骨に立ち会って骨壺を目にしたら、死の実感が強まったはずだろうから」

「まだ職務中だったんだろ？」

津上は訊いた。

「ええ、そう。でも、本庁で会議があると嘘をついて署を抜け出してきちゃったの」

「心配してくれて、ありがとう。逸見の死はショックだったが、いつまでも塞ぎ込んでられない。捜査が難航してるようなんで、おれが逸見を撲殺した犯人を突き止めようと思ってるんだ」

「滝さんが動きはじめてるんでしょ？」

「ああ、二週間ぐらい前からな。しかし、これといった手がかりは得てないんだよ」

「そうなの。わたしが四谷署の捜査本部から情報を引き出してあげてもいいわよ」

「そっちに迷惑をかけたくないんだ」

「水臭いことを言わないで。達也さんを交えて逸見さんとは何度も食事をしたんだから、わたしだって、じっとしていられない気持ちよ。公私混同はよくないんだけどね」

「そんなことより、体の芯まで冷え切っちゃったんじゃないのか。おれがベッドで温めてあげよう」

「そうしてほしいけど、まだ勤務中だし、タクシーを待たせてあるの」

「そいつは残念だな」

「明日は非番だから、今夜、泊まりに来るわ。これから、仕事に行くんでしょ？」

「そうなんだ」

「それなら、何か夜食を作って部屋で待ってるわ」

友香梨が言った。恥じらった表情が愛らしい。

ふだん友香梨は副署長公舎に住んでいるが、週に一度は津上の部屋に泊まっている。合鍵を渡してあるから、彼女はいつでも部屋に入れる。

「そういうことなら、熱いコーヒーを淹(い)れて早く職場に戻してやらないとな」

「奥に入ったら、仕事なんかどうでもよくなっちゃいそうだわ」

「それなら、一緒に乱れよう」

津上は、ふたたび誘った。

「迷うとこだけど、わたし、署に戻るわ」

「そうか」

「今夜、狂おしく燃えましょう」

友香梨がウインクして、部屋から出ていった。じきに足音は聞こえなくなった。

津上は部屋の戸締まりをして、ほどなく自宅を出た。

表参道駅まで歩き、地下鉄に乗り込む。十分そこそこで、赤坂見附駅に着いた。

津上はみすじ通りを進み、飲食店ビルに足を踏み入れた。エレベーターで三階に上がると、『クロス』のドアの向こうから男の怒声が洩(も)れてきた。

「兄(にい)ちゃん、わしらをなめとんか。おい、こら！」

「別になめてなんかいませんよ」

従弟の声だ。

「なめとるやないか。わしら、みかじめ料を払(はろ)うとくれと言うてるんやないで。レンタル観葉植物を店に置かしてくれ言うてるんや」

「オーナーの方針で、当店は暴力団関係者とはおつき合いしないことになってるんです」

「ちょっと待てや。わしらは極道やないで。二人とも、まともなリース会社の社員や。極道とちゃう。真っ当な市民やねん」

　別の男が弁解した。

「悪いけど、二人とも堅気には見えませんね。どう見ても、関西の極道ですよ。どっちも刺青をちらつかせて、凄んでるんですから」

「極道だったんは昔の話や。いまは、どっちも堅気や」

「観葉植物の鉢を借りる気はありません。お引き取りください」

「この店は、星陵会にみかじめ料を払うてるみたいやな。そうなんやろ?」

「このあたりは星陵会の縄張りですが、当店はみかじめ料は払ってませんよ」

「星陵会なんか頼りにならんで。わしらの組織がそのうちにこの一帯を仕切ることになるやろ。観葉植物を三鉢納めるさかい、月のレンタル料五万でどうや?　高くないはずやで」

「お帰りください」

「しばかれたいんか。兄ちゃん、ええ度胸しとるな。上等やないけ」

片方の男が気色ばんだ。

津上は店のドアを開けた。カウンターの横に突っ立っている二人の男が、相前後して振り向いた。

どちらも三十前後に見える。片方はスキンヘッドで、口髭をたくわえていた。もうひとりはオールバックで、黒革のロングコートを背広の上に羽織っている。

「おれがオーナーだ。当店はヤー公の入店は断ってるんだよ。二人とも、すぐに出ろ！」

「威勢がええやないか」

剃髪頭の男が険しい顔つきで、つかつかと歩み寄ってきた。無防備だった。隙だらけだ。

津上は、にっと笑った。相手を挑発したわけではなかったが、頭を下げて組みついてきた。

津上は腹筋を張り、頭突きの衝撃を和らげた。相手を足払いで倒し、顎を蹴り上げる。骨と肉が鈍く鳴った。スキンヘッドの男が通路に転がり、体を丸めた。

「わしら、大阪の共和会の企業舎弟の者やぞ」

髪をオールバックにしている細身の男が息巻き、突進してきた。津上は動かなかった。

相手が立ち止まるなり、右のフックを繰り出した。津上は軽く身を躱し、すかさずステップインした。

男の胃（ストマック）にボディー・ブロウを叩き込む。相手が呻いて、前屈（まえかが）みになった。津上は、相手の頬骨に肘（ひじ）打ちを見舞った。黒革のコートの裾が翻（ひるがえ）った。

津上は、横倒れに転がった男の脇腹に蹴りを入れた。靴の先は深く沈んだ。

「関西の極道とはいえ、てめえらはモグリだな」

「モグリやて？」

スキンヘッドの男が上体を起こした。

「そうだ。おれは二年前まで、桜田門（さくらだもん）で働いてたんだよ」

「警視庁の刑事（デコスケ）やったんやて？　フカシやろ？」

「組対（そたい）四課に何人も知り合いがいるから、呼んでやろう。おまえらは、手錠（ワッパ）打たれることになるぞ」

津上は二人の男を交互に睨（にら）みつけた。男たちが顔を見合わせ、ほぼ同時に立ち上がった。

「わしら、先月の中旬に大阪から東京（こっち）のフロントに移ったばかりで、飲食店のオーナーたちのことはよう知らんかったんや」

スキンヘッドの男が弱気になった。

「このあたりの飲食店は、どこも星陵会にみかじめ料は払ってない」

「おたくが睨みを利かせてるからやな？」

「そういうことだ。共和会は星陵会の縄張りに喰い込む気なんだろうが、赤坂の飲食店にレンタル観葉植物を置いたとわかったら、共和会の企業舎弟をぶっ潰すぞ」

「おたくさんの名前を教えてもらえへんやろうか」

「おれの名を知って、どうする気だ？　仕返しをするつもりなのかい？」

「そうやない。企業舎弟の相談役になってもらえたら、心強いやろうなと思ったんや」

「極道どもの悪事の片棒を担ぐ気はない。二人とも、とっとと失せろ！」

津上は声を張った。二人の男は首を竦めて、エレベーター・ホールに向かった。

「隆太、少しもビビってなかったな」

津上は店内に戻るなり、勇敢だった従弟を称えた。

「達也さんが元刑事じゃなかったら、少しはビビってたでしょうね。でも、あいつらの言いなりにはなってなかったと思うけど」

「だろうな。隆太、仕込みの手伝いをするよ」

「仕込みは、あらかた終わってます。ビーフ・シチューをもう少し煮込めば、準備完了です」

「おまえがうまく切り盛りしてくれてるんで、こっちは助かるよ。そのうち、給料を上げてやらないとな」

「給料は据え置きでいいけど、おれ、マスターに頼みがあるんだよね」

「改まって何だい？」

「月に二、三回、この店でギターの生演奏会をやらせてくれないかな。スタジオ・ミュージシャンでは生活できなくなっちゃったわけだけど、おれ、ギターとは縁が切れそうもないんですよ」

「エレキギターを大音量で流すわけじゃないんだろ？」

「ええ、アコースティックギターを爪弾くだけです」

「それなら、他店に迷惑はかからないだろう。好きなときにギターの独奏会をやればいいさ。それで客が増えれば、こっちもありがたいからな」

「それじゃ、そうさせてもらうね」

　隆太が顔を輝かせ、カウンターの中に入った。

　津上はダスターを手に取って、ボックス席のテーブルの上を入念に拭きはじめた。飴色のカウンターにも雑巾を滑らせる。

　営業時刻が迫ったとき、友人の滝が店に飛び込んできた。額から血を流していた。

「何があったんだ？」

津上は滝に駆け寄った。

「新宿署の田村に小遣いをせびられてた関東俠友会の準構成員あたりが逸見徹を殺ったのかもしれないと見当をつけて、探りを入れてたんだ」

「そうしたら、暴漢に襲われたわけか？」

「そうなんだ。関東俠友会の者と思われる二人組が危ない目つきで迫ってきたんだよ。それで、おれは逃げたんだが、足を縺れさせて転んでしまったんだ。倒れたとき、路面の突起に額をぶつけて浅い裂傷を負ったんだよ」

「外科医院に行ったほうがいいな」

「大丈夫だよ。そのうち傷口は塞がるだろう」

「で、その二人組は滝を追ってきたのか？」

「おれは歌舞伎町でタクシーを拾ったんだが、そいつらはRV車で追ってきた。赤坂見附の手前で尾行を撒いて、ここに逃げ込んできたんだ。津上は元刑事だから、追っ手も下手なことはできないと思ったんだよ。まさか奴ら、ここを嗅ぎつけてないだろうな」

滝が不安顔になった。津上は、すぐに店の前に出た。

不審な人物は見当たらなかった。

3

グラスを触(ふ)れ合わせる。

津上は、『クロス』の近くにある居酒屋の個室で滝と向かい合っていた。店を従弟に任せ、滝をこの店に誘ったのだ。

滝の額には、絆創膏(ばんそうこう)が貼ってあった。もう血は止まっていた。まだ午後六時前だ。客の姿は疎(まば)らだった。

個室といっても、通路側にドアがあるわけではない。暖簾(のれん)が下がっているだけだ。それでも声を潜(ひそ)めれば、密談はできる。

「新宿署の田村は、かなりの悪党(ワル)だよ。組関係者や外国人マフィアの弱みにつけ込んでお目こぼし料をせしめてるだけじゃなくて、高級クラブで只酒(ただざけ)を飲んで、白人売春クラブの女たちとも遊んでるんだ。もちろん、金は払ってない」

滝が言って、突き出しのツブ貝を口の中に放り込んだ。

「署から押収麻薬を持ち出してる様子は？」

「そこまではわからなかったが、田村の愛人の石岡幸恵は覚醒剤中毒(シャブチュー)だと思うよ。肌がかさついてるし、生気がないんだ。いつもかったるそうなんだよ」

「元ショーダンサーは、まったく働いてないんだな？」

「ああ。だいたい抜弁天（ぬけべんてん）のマンションの部屋に籠（こも）ってるな。パトロンの田村が来たときは一緒に外に飯を喰いに出てるが、ほかは終日、部屋にいる。食料や日用雑貨品はスーパーのネット・ショッピングで済ませてるようだ」

「そうか。田村は愛人の部屋代や生活費をそっくり負担してるんだろうな」

「だろうね。田村は週に五日は幸恵の部屋に泊まって、石神井（しゃくじい）の自宅には二日しか帰ってない。夫婦仲は完全に冷え切ってるようだな」

「田村は、家族にも贅沢（ぜいたく）をさせてるのか？」

　津上は問いかけた。

「家族は質素な暮らしをしてたよ。俸給以外の金を女房に渡したら、悪さしてることがバレちゃうじゃないか」

「そうだな」

　会話が途切（とぎ）れた。店の女性従業員が刺身の盛り合わせ、揚げ出し豆腐、河豚（ふぐ）の唐揚げなどを運んできたからだ。

「寄せ鍋もどうだい？」

「とりあえず、肴は充分だよ」

滝が手を横に振った。従業員が下がる。

「滝、田村のアリバイ調べもやってくれたよな？」

「もちろんさ。事件当夜、田村克則は柳小路にある『磯繁』という居酒屋で間違いなく飲んでたよ。逸見徹の死亡推定時刻の午後十時半から同十一時半まで店内にいたことは、従業員と居合わせた客たちの証言で裏付けられた」

「田村が店の従業員や客たちに口裏を合わせてもらった疑いは？」

「おれもそれを疑ったんだが、そういう気配はまったくうかがえなかったな。田村が実行犯じゃないことは間違いないよ。事件現場に遺留されてた大型バールには一つも指紋や掌紋が付着してなかったんだから、おそらく犯罪のプロの犯行なんだろう」

「そう考えてもよさそうだな」

「田村は多くの犯罪者と接してたし、そいつらの弱みも知ってた。そうしたアウトローのひとりに逸見を殺らせたんじゃないのかね？」

「その可能性はあるが、予断は禁物だよ」

「ああ、そうだな」

「逸見の納骨には、首席監察官や同僚の主任監察官も立ち会ったんだ。その連中から仕入れた情報なんだが、逸見は七カ月前から本庁公安一課の立花正樹という警部も監察してたらしいんだよ」

　津上は詳しい話をした。

「それは知らなかったな。公安刑事が日和《ひよ》った元活動家を強請《ゆす》ってるとは小物も小物だね。そんな奴は監察官にマークされたからって、殺人《コロシ》までやらないだろう？」

「わからないぞ。小悪党は、どいつも気が小さいもんだ。自分の悪事が発覚することを恐れて、逸見を誰かに葬《ほうむ》らせたのかもしれない」

「立花自身は事件当日、福岡にいたって話だったな？」

「おれ自身が裏付《ウラ》けを取ったわけじゃないが、その通りなんだろう。立花は翌日の夕方に帰京したそうだよ」

「公安刑事が裏社会の奴らとつながってるとは思えない」

「そうだな」

「立花が第三者に逸見徹を片づけさせたんだとしたら、S《エス》として使ってる過激派のメンバーか元闘士の犯罪者が実行犯なんだろう。どっちも弱みがあるからな。立花に代理殺人を強《し》いられたとも考えられる。おれ、明日から立花って公安刑事をマークしてみるよ」

　滝が言って、黒鮪《くろまぐろ》の中トロを箸《はし》で摘《つま》み上げた。

「おまえは二、三日、休んでくれ。関東俠友会の構成員らしい二人組に襲われたんだ。少しの間、鳴りをひそめてたほうがいいよ」

「心配ないって。あの二人のどっちかが田村に頼まれて、逸見を撲殺したんだろうか。そうではなく、ただ、悪徳警官の立花と黒い関係にあることを暴かれたくなかったのかね」

「どちらなんだろうな。滝が鳴りをひそめてる間、おれが少し動いてみるよ。おれが店に出てなくても、従弟がうまく切り盛りしてくれるだろうからな」

「おれがもたついてるんで、焦れて〝マスター探偵〟が自ら動く気になったか」

「からかうなって」

津上は友人を殴る真似をして、揚げ出し豆腐を口の中に入れた。滝がにやついた。

一年数カ月前から津上は酒場を経営するかたわら、探偵めいたことをやって副収入を得ていた。ある法律事務所の依頼で失踪人捜しを引き受けたことが、副業をはじめるきっかけだった。

口コミで民間企業や各界の著名人から、さまざまな依頼が舞い込むようになった。その大半は、脅迫者や公金拐帯犯捜しだった。副収入には波があるが、これまでに一千三百万円ほど稼いでいた。

そのサイドワークのことは滝だけではなく、従弟も恋人も知っていた。だが、津上は誰にも教えていない仕事を密かにやり遂げている。実は、非公式に極秘捜査を請け負っていた。

依頼主は、警視庁の刑事部長である半田恒平警視長だ。

いまの津上は、ただの民間人に過ぎない。しかし、半田刑事部長は津上の捜査能力を惜しみ、警視総監の承認を得て、彼に隠れ捜査を依頼してきたのである。

津上は難航していた捜査本部事件をいままでに五件ほど解決に導き、そのつど三百万円の報酬を貰っていた。

元刑事の彼には、むろん逮捕権はない。凶悪事件の真犯人を突き止めると半田に報告し、捜査一課の担当理事官に身柄を引き渡していた。

津上が雇われ捜査を担っていることは、警視庁と警察庁の上層部しか知らない。非合法捜査のことを他言することは禁じられていた。うっかり他言したら、闇に葬られるだろう。

当然ながら、元刑事の津上には警察手帳、特殊警棒、手錠、拳銃などは与えられていない。彼は必要に応じて、ポリスマニア・グッズの店で買い求めた模造警察手帳や特殊警棒を使っている。津上はアイスピックやブーメランを投げ、凶暴な犯罪者を懲らしめていた。時には相手の銃器も奪い、威嚇射撃もする。新聞記者を装うこともあった。

「そのうち美人副署長と結婚するんだろ？」

滝が唐突に訊いた。

「先のことはわからないが、いまは二人とも結婚という形には拘ってないんだ」

「津上、名取友香梨さんみたいに何もかも揃ってる女性はどこにもいないぞ」

「だろうな」

「けっ、のろけやがって。彼女、本当にいい女だよな。頭はシャープで、器量はいい。くだけてて、セクシーでもある。実際、非の打ちどころがない。おれが津上なら、とっくにプロポーズしてるな。それで、家の中に飾っとくね」

「友香梨には、まったく結婚願望がないんだよ。おれも同じだな。だから、おれたちは夫婦にはならない気がするよ。二人とも特に子供が欲しいとは思ってないからさ」

「なんかもったいない話だな」

「おれのことより、滝はどうなんだ？　二年以上もつき合ってる月刊誌の女性編集者と一緒になるんだろ？」

「その彼女とは先月、別れたんだ」

「また、どうして？」

「売り出し中のノンフィクション・ライターに乗り換えられちゃったんだよ。おれは物書きになったけど、別にでっかいノンフィクション賞を狙って題材を選んでるわけじゃない。おれは、ごく平凡な男女が何かの弾みに人の道を踏み外してしまう業みたいなものに興味があるだけなんだ」

「そうみたいだな」

「でもさ、つき合ってた女性編集者は野心のあるライターに関心があるみたいなんだ。自分のアドバイスによって、そいつを大成させたいんだろうな。おれ、そういうタイプじゃないもん。価値観が違うんで、いずれは破局が訪れるだろうと思ってたんだ」

「それじゃ、いまは女っ気なしか？」

「ああ。お見合いパブを覗いたりしてるよ」

「半分、冗談だろ？」

津上は煙草に火を点けた。釣られて滝もショートホープをくわえた。

二人は八時過ぎに居酒屋を出て、店の前で別れた。津上は自分の店に戻った。カウンターは、常連の客で埋まっていた。

津上は客たちに挨拶をして、カウンターの中に入った。

それを待っていたように、従弟の隆太が厨房に移った。オードブルのオーダーを捌き切れていなかったようだ。

「こっちは任せてくれ」

津上は従弟に声をかけ、テレビマンのビア・グラスを満たした。客たちのグラスの減り具合を目で確かめながら、常連客の愚痴を聞いてやる。

酒場はストレスの発散の場だ。酔っ払いの繰り言に顔をしかめてはならない。憂さを晴らさせてやることも商売のうちだろう。

九時を回ると、女性のグループ客がボックス・シートを占めた。隆太がにこやかにオーダーを取りに行く。七人ともカクテルを注文した。オリジナル・カクテルの注文が多い。

津上は休みなくシェーカーを振り、手早くオードブルも用意した。

店にカラオケ機器は置いていない。ジャズをBGMに流しているが、客の中には隆太の弾き語りを聴きたがる者もいた。

それを察した従弟は笑顔でギターを抱え、弦を爪弾きはじめる。フォークからボサノバまでレパートリーは多かった。

いつものように客が何回転かし、十一時半過ぎには勤め人はおおむね帰っていった。入れ代わりに、クラブホステスたちが客を伴って次々にやってきた。雰囲気が華やぐ。

お気に入りのホステスをアフターに誘った客たちは、気前よくスコッチのボトルを入れてくれる。高級シャンパンもよく出る。ありがたい客だ。

だからといって、津上は自分から高い洋酒を勧めたりしない。従弟も同じだった。

午前零時半になると、クラブホステスは客と引き揚げはじめた。鮨屋か深夜レストランに流れる組が多いのだろうが、中にはホテルに向かうカップルもいるにちがいない。

そういう男女は雰囲気で察することができる。しかし、鈍感な振りをするのがマナーだ。

やがて、客がいなくなった。

「隆太、ご苦労さん！　好きな酒を飲って一息入れてくれ」

津上は従弟をスツールに坐らせると、汚れたグラスや灰皿を洗いはじめた。隆太が紫煙をくゆらせながら、ビールを傾ける。

少し経つと、同じビルの二階で小料理屋を営んでいる女将がふらりと店に入ってきた。五十年配で、和服姿だ。千鳥足だった。

「マスター、聞いてよ。うちのばか亭主がね、また若い女と浮気したの」

「それじゃ、ママも自棄酒を飲みたくなるよね」

「そうよ。売れない画家だから、わたしが頑張って生活を支えてきたのに、呑気に女遊びばかりしてさ。頭にくるわ」

女将が隆太の隣のスツールに腰かけ、酒棚のウォッカを指さした。

「今夜は、もう飲まないほうがいいですよ」

「わたしは飲みたいの！　へべれけになって、若い男と浮気してやる。そうでもしなけりゃ、癪じゃないの。二人の子供を大学まで出してやったのは、このわたしなのよ。亭主には、ろくに収入なんかなかったからね」

「ママは偉いですよ」

「わたし、亭主や子供たちに恥をかかせちゃいけないと思ってさ、懸命に働いたわよ。横柄な客や助平な客もいたけど、わたし、家族のために店を切り盛りしてきたの」

「大変だったね」

「なのにさ、ばか亭主は三十そこそこの女に手を出したの。わたしは、あの男の何だったのよ。冗談じゃないわ。マスターもそう思うでしょ？」

「思う、思う。ママ、とりあえずお水を飲んだほうがいいな」

津上は言った。

女将は大きくうなずいたが、カウンターに突っ伏した。

津上は慌てなかった。女将は、過去に何度か『クロス』で酔い潰れたことがあった。そのつど、従弟がタクシーで女将を広尾の自宅まで送り届けてくれた。

「ママ、ここで寝ちゃ駄目ですよ」

隆太が女将の肩を軽く叩いた。

しかし、反応はなかった。数分経つと、寝息が響いてきた。

「起きそうもないな」

「悪いが、ママを家に送り届けてやってくれよ」

津上は従弟に一万円札を渡した。隆太が微苦笑して、スツールから滑り降りた。それから彼は、小料理屋の女将を軽々と背負った。女将は小柄で、細身だった。

「釣り銭で煙草でも買ってくれ」

津上は隆太に言った。従弟は恵比寿のワンルーム・マンションに住んでいる。タクシー料金は四千円もかからないはずだ。

「お先に！」

隆太が女将を背負いながら、店から出ていった。

津上はグラスや皿を乾いた布で拭き、所定の棚に収めた。生ごみをまとめ、飲食店ビルの斜め前にある集積所に置きに行く。

店に戻って売上金の計算をしてると、半田恒平刑事部長が入ってきた。黒いチェスターコートを着て、同色の革手袋を嵌めている。五十三歳だが、豊かな髪は半白だ。

「もう営業は終わったんだね？」

「ええ」

「近くのレストランで待機してたんだよ。きみは、去年の十二月十七日に撲殺された逸見徹警部とは警察学校で同期だったな？」

「ええ、そうです。今回の極秘捜査は、その事件なんですね？」

「そうだ」

「自分、個人的に逸見の事件を調べはじめてたんですよ。願ってもない仕事です」

津上はカウンターを出た。半田がチェスターコートを脱ぎ、ボックス・シートに坐る。

「ホット・ウイスキーでもいかがです？」

「何もいらんよ。きみも腰かけてくれないか」

「はい」

津上は刑事部長と向かい合った。半田がビジネス鞄から水色のファイルを取り出し、卓上に置いた。

「これまでの捜査資料をすべて揃えてある。むろん、鑑識写真や捜査対象者の顔写真もね」

「拝見します」

津上はファイルを引き寄せ、まず鑑識写真の束を手に取った。大型バールで幾度も強打された頭蓋骨は大きく陥没し、逸見の頭髪と顔面は血みどろだった。苦しげな死顔である。痛ましくて長くは正視できなかった。

津上は事件の関係調書にざっと目を通した。それだけでは、加害者らしい人物を絞り込むことはできなかった。

「捜査本部は被害者が監察中だった新宿署の田村克則と本庁公安一課の立花正樹を重点的に調べたんだが、その二人にはれっきとしたアリバイがあった」

「そうみたいですね」

「どちらも実行犯でないことは確かだが、殺人教唆の疑いはまだ消えてない。二人とも後ろ暗いことをしてたわけだから、殺害動機がなくはないよな？」

「ええ」

「二人のどちらかが自分のアリバイを用意しておいて、第三者に逸見主任監察官を始末させたのかもしれない」

「その可能性はゼロじゃないでしょうね」

「田村と立花の両方が誰にも殺人を依頼してなかったら、二人に弱みを握られてた暴力団、外国人マフィア、元活動家を洗ってみてくれないか。そういった連中が警察に摘発されることを恐れて、被害者を殺害する気になったとも考えられるからな」

「半田さん、そういう筋の読み方もできるんでしょうが、疚しいことをしてる奴らは逸見の口を塞ぐ前に脅迫者である田村と立花を先に抹殺したいと考えるんではありませんかね？」

「それはどうだろうか。犯罪者にとっては脅迫者よりも、警察のほうが怖いんじゃないのかな。その気になれば、脅迫者を片づけることはできるだろう。しかし、先に警察に検挙られてしまったら、万事休すだ」

半田が言った。

「なるほど、そうですね。読みが浅かったな。田村と立花がシロとわかったら、二人に弱みを握られてた連中を調べてみます」

「そうしてくれないか」

「今回は逸見の弔い捜査です。被疑者を割り出しても、成功報酬は受け取れません」

「友情を大切にするのは結構だが、きみは民間人として命懸けで極秘捜査をやってるんだ。青臭いことを言わないで、プロに徹してくれないか。きみが捜査中に命を落とすようなことがあっても、民間人に弔慰金を払うことはできない。ビジネスとして割り切ってもらわないと、こちらは困るんだよ」

「わかりました。そう割り切ることにしましょう」

「いつから捜査に取りかかってもらえるのかな？」

「夜が明けたら、動きはじめます」

津上は即答した。

半田が満足そうに笑い、すっくと立ち上がった。チェスターコートを着込み、出入口に向かった。津上は腰を上げ、半田を店の外まで見送った。

4

息苦しい。

体の上に何かがのしかかっている。

津上は眠りを破られた。自宅のダブルベッドの上だ。

友香梨が胸を重ね、津上の唇を貪っていた。

寝室は仄明るい。ドレープのカーテン越しに、朝陽がうっすらと射し込んでいる。

赤坂の店からタクシーで帰宅したのは、午前一時半ごろだった。合鍵で津上の部屋に入った友香梨は夜食の牡蠣グラタンを作り、リビングで待っていた。

二人は白ワインを飲みながら、一緒にグラタンを食べた。逸見を偲んでいるうちに、どちらもしんみりとしてしまった。

いつもならベッドで睦み合う時刻になっても、津上たちはワイングラスを傾けつづけた。それから別々にシャワーを浴びて、兄妹のように眠りについた。

「やっぱり、愛し合いたいわ。ね、しよう？」

友香梨がくちづけを中断させ、甘やかな声でせがんだ。

津上は友香梨を両腕で抱き締めた。

二人は互いの唇をついばみ合い、舌を深く絡めた。ひとしきりディープ・キスを交わす。

友香梨が徐々に体の位置を下げ、津上のパジャマの胸ボタンをせっかちに外し、唇を滑走させはじめた。津上は友香梨のセミロングの髪を梳き上げ、撫でつけた。

友香梨が津上の胸板に頬擦りしながら、自問するように呟いた。

「わたしって、薄情なのかな。何時間か前に逸見さんを偲んでたのに、ものすごく達也さんが欲しくなっちゃったんだから」

「おれたちは生きてるんだ。友香梨がそんな気分になっても、別におかしくないよ」

「そう。でも、あなたは無理をしなくてもいいのよ」

「寝た子を起こされたんだ。その気になっちまうさ」

津上は言った。

友香梨が含み笑いをして、上体を起こした。シルクガウンを脱ぎ、床（フロア）に投げ落とす。ブラジャーもパンティーも身につけていなかった。熟（う）れた裸身がなまめかしい。

友香梨は津上の足許に両膝をつくと、トランクスとパジャマのズボンを一緒に引き下げた。津上は踵（かかと）を擦（こす）り合わせて、夾雑物（きょうざつぶつ）を取り除（のぞ）いた。

友香梨が津上の股の間にうずくまった。

すぐに津上はペニスの根元を握られた。まだ昂（たか）まり切っていなかった。友香梨が断続的に握り込み、亀頭を舌で刺激しはじめた。

掃（は）くようになぞり、鈴口をちろちろと舐（な）める。張り出した部分を剃（そ）ぐようにこそぐった。

津上は一気に猛（たけ）った。体の底が引き攣（つ）れるような勢いだった。

友香梨が男根（だんこん）を呑（の）み込んだ。舌全体で先端の部分を舐め回し、深くくわえ込む。ディープ・スロートはリズミカルだった。

「そのまま体をターンさせてくれないか」

津上は言った。友香梨が短く迷ってから、体の向きを変えた。津上の性器を含んだまま、顔を跨（また）ぐ形だった。秘めやかな部分はよく見えない。

津上は片腕を伸ばして、ナイトスタンドを灯した。

友香梨が身を縮めた。津上は白桃のようなヒップを押し割った。赤い輝きを放つ亀裂が露になった。双葉を連想させる肉のフリルは、わずかに綻んでいる。

津上は舌を伸ばして、合わせ目を左右に押し拡げた。複雑に折り重なった襞のくぼみには、愛液が溜まっている。いまにも雫が滴り落ちそうだ。

「すごく潤んでるな」

津上は、膨らみを増した二枚の小陰唇を舌の先で甘く嬲った。蜜液が雨垂れのように舌の上に落ちてくる。

そのまま啜り込み、津上は舌全体でクレバスを下から舐め上げた。敏感な芽は包皮から顔を覗かせ、こりこりに痼っていた。

津上は陰核を集中的に慈しんだ。吸いつけ、転がし、打ち震わせる。

友香梨が腰をくねらせつつ、オーラル・セックスに励んだ。いつもよりも、口唇愛撫は狂おしかった。

津上は襞の奥に舌を潜らせ、感じやすい突起を舐めまくった。

すると、友香梨が裸身を強張らせた。エクスタシーの前兆だ。

ほどなく友香梨は、極みに達した。喉の奥で唸り、間歇的に身を震わせた。快感の漣は内腿にも及んだ。津上はそそられた。

友香梨はしばらく肩で呼吸をしていたが、やがて離れた。二人は体をつなぎ、何度か体位を変えた。

仕上げは正常位だった。津上は五、六度浅く突き、一気に深く分け入った。そのたびに、友香梨は切なそうな声を洩らした。

津上は突きまくるだけではなかった。後退するときは腰を捻り、Gゾーンを亀頭の縁で擦った。その直後、友香梨は必ず腰をうねらせた。

津上は恋人を一度沸点に押し上げてから、ゴールに向かって疾走しはじめた。突いて、捻り、また突く。友香梨の迎え腰は控え目だったが、リズムは合っていた。

「達也さん、またよ。わたし、また……」

「追いかける」

津上は律動を速めた。快感が腰から背筋を駆け上がりはじめた。

そのとき、友香梨が悦楽の海に溺れた。ジャズのスキャットのような唸りを発しながら、裸身を痙攣させた。

内奥がぐっと狭まり、悦びのビートが津上の分身に伝わってきた。襞の群れがまとわりつき、搾り込むように動いている。

友香梨はピルを服用していた。津上は、そのままゴールをめざした。痺れを伴った快感が背筋を駆け抜け、脳天が白く霞んだ。

津上は強かに放った。

ペニスの先端が幾度も頭をもたげた。嘶く馬のようだった。二人は余韻を汲み取ってから、結合を解いた。

素肌を寄り合わせ、後戯を施し合う。友香梨が先にベッドから離れ、そのまま浴室に向かった。

津上はサイドテーブルの上の携帯電話を摑み上げ、時刻を見た。

午前九時四十分過ぎだった。

津上は煙草を吹かしながら、隠れ捜査の段取りを考えはじめた。友香梨は、津上が滝と一緒に逸見の事件のことを個人的に調べていることは知っている。先に外出しても、怪しまれることはないだろう。

二十分ほど経過したころ、友香梨が寝室に戻ってきた。バスローブ姿だった。

「シャワーだけだと風邪をひくかもしれないから、お風呂を沸かしておいたわ」

「気が利くな。惚れ直したよ。シャワーだけじゃ、寒かったんじゃないのか？」

「体が火照ってたんで、寒くはなかったわ。それよりも、大胆に求めたりして……」

「こっちも、本当は友香梨を抱きたかったんだ」

「本当に？」

「ああ」

「なら、恥ずかしさも半分になるわ」

「そっちが乱れたんで、おれも燃えたよ」

津上はベッドの下からトランクスを抓み上げ、素早く穿いた。ベッドルームを出て、浴室に向かう。

津上は掛け湯をしてから、湯船に浸った。四十二度で、湯加減はちょうどよかった。体が温まってから、頭髪と体を洗った。ついでに髭も剃る。ふたたび浴槽に身を沈めてから、津上は脱衣所に移った。

入浴中に友香梨が下着と衣類を用意してくれてあった。彼女の衣類も、津上の部屋に置いてある。

津上はバスタオルでよく体を拭ってから、下着とカジュアルな衣服をまとった。脱衣所を出ると、友香梨はハム・エッグをこしらえていた。コンパクトな食卓にはフルーツ・トマトが載っている。

「コーヒーとトーストだけで充分だったのに」

「朝はしっかり食べなきゃ駄目よ。昼食はドライカレーでも作るわ」

「せっかくだが、おれ、昼前に出かけなきゃならないんだよ。滝が手がかりになりそうな情報を摑んでくれたんで、逸見の事件に関わりがあるかもしれない男の動きを探ってみたいんだ」

津上は、もっともらしく言った。

「わたし、達也さんに同行してもいいわよ。こちらは現職だから、捜査がスムーズにいくと思うの」

「しかし、友香梨は多摩中央署の副署長なんだ。逸見の事件で個人的に動き回ってることが捜査本部の連中に知れたら、まずいよ」

「うまく言い繕うわ」

「友香梨の気持ちは嬉しいが、そっちまで巻き込みたくないんだ。民間人になったおれが探偵の真似事をしても別に問題にはならないが、きみが動いたら……」

「厄介なことになりそうね。わかったわ。わたしは部屋の掃除をしたら、公舎に戻ることにする」

「掃除なんかしなくてもいいよ。ここでのんびりしていけばいいさ」

「わたし、きれい好きなの。達也さんのお部屋だけど、埃を溜めたくないのよ。お願いだから、好きにさせて」

「わかったよ」

「すぐにパンをトーストするから、坐ってて」

友香梨が急かせた。津上は小さく笑い、ダイニング・テーブルに向かった。

待つほどもなく朝食の用意ができた。二人は差し向かいで朝食を摂りはじめた。コーヒーはインスタントではない。サイフォンで淹れたモカだ。

津上はバター・トーストを齧りながら、ハム・エッグとフルーツ・トマトを平らげた。

「わたしのことは気にしないで。適当に出かけて」

友香梨がフルーツ・トマトをつつきながら、笑顔で言った。津上は黙ってうなずいたが、恋人が食べ終えるまで席を立たなかった。

一服してから、洗面所に足を向けた。歯を磨き、髪の毛にブラシを当てる。津上は寝室で手早く外出の仕度をして、部屋を出た。

エレベーターで地下駐車場に下り、ドルフィン・カラーのＢＭＷに乗り込む。５シリーズだったが、三年落ちの中古車を一年ほど前に三百二十万円で購入したのである。

津上は車を発進させ、明治通りに向かった。明治通りを直進し、新宿七丁目交差点の先を左折する。大久保小学校の裏手にある安アパートに旧知の情報屋が住んでいる。

小寺輝雄（こでらてるお）という名で、六十三歳だ。元キャバレー支配人で、裏社会に精（くわ）しい。ギャンブルで身を持ち崩し、警察、調査会社、夕刊紙などに雑多な情報を売って糊口（ここう）を凌（しの）いでいる。

津上は新宿署の刑事課にいたころ、ちょくちょく小寺から情報を得ていた。本庁勤務になってからはつき合いが途切れていたが、裏仕事を手がけるようになって、また接触するようになったのだ。

右手に木造モルタル塗りの古びた二階建てアパートが見えてきた。情報屋の小寺は、一〇五号室を借りている。

津上はBMWをアパートのブロック塀の際（きわ）に停めた。

すぐに運転席から出て、一〇五号室に向かう。流し台で水道の音がしている。小寺は、自宅にいるようだ。

津上はドアをノックした。

水の音が熄（や）んだ。

「誰だい？」

「小寺の旦那、おれだよ」

「その声は津上さんだな。いま、ドアを開けるよ」

小寺が玄関ドアを開けた。太編みのセーターの上にフリースを着込んでいる。首にはニットのマフラーが二重に巻かれていた。

「寒いから入らせてもらうよ」

津上は断って、一〇五号室の三和土に滑り込んだ。後ろ手にドアを閉める。

間取りは1DKだ。部屋の中は冷え冷えとしてる。奥の居室には電気炬燵が見えるが、エア・コンディショナーは作動していない。

「家出した社長令嬢の件では、旦那に世話になったね」

「ああ、デリヘル嬢をやってた娘ね。イギリスに留学することを親に反対されたからって、家出しちゃうんだから、最近の若い女は何を考えてるのか。それにしても、深窓育ちの令嬢が生きるためにヘルスの仕事をするんだから、女は逞しいな」

「そうだね」

「また、失踪人捜し？」

小寺が訊いた。

「いや、そうじゃないんだ。去年の十二月十七日の夜、おれと警察学校で同期だった男が四谷三丁目の裏通りで撲殺されたんだよ」

「その事件は、記憶に新しいな。確か殺されたのは、本庁で主任監察官をやってた警部じゃなかった?」

「そう。逸見という奴で、おれとは親しかったんだよ。もう現職じゃないんだが、じっとしてられなくなったんだ。すでに第三期捜査に入ってるのに、まだ容疑者も特定されてないらしいんだよ」

「それで、津上さんが自分で犯人(ホシ)を見つける気になったわけだね?」

「そうなんだ。小寺の旦那、その撲殺事件について何か聞いてないかな?」

「四谷署管内で発生した事件だし、やの字は絡んでないんでしょ?」

「もしかしたら、関東俠友会あたりの若い者(もん)が被害者の頭を大型バールでぶっ叩いて殺したのかもしれないんだよ」

「関東俠友会の連中は最近、おとなしくしてるよ。秘密カジノと売春クラブが手入れを喰(くら)って、二次の下部組織(エダ)の幹部が中堅商社と共謀してロシアの横流し水産物の大量密輸で摘発されたばかりだからね」

「そんなことがあったな」

「だから、関東俠友会は本部から末端の組までおとなしくなってますよ。もちろん、どこも非合法ビジネスにはこっそり励(はげ)んでるけどね」

「殺人(コロシ)を引き受ける下部組織(エダ)はなさそうか」

「多分、ないでしょう。やくざは誰も人殺しは割に合わないとわかってるから、よっぽどの理由がなきゃ……」

「犯行（ヤマ）を踏まない？」

「そう思うね。まして相手は警察官でしょ？」

「警察を敵に回す暴力団はいないだろうが、何か大きな弱みを握られて、監察官殺しを強（し）いられたとは考えられないだろうか」

津上は問いかけた。

「そういう事情があるんだったら、代理殺人を請け負うかもしれないな」

「旦那、数年前までチャイニーズ・マフィアは日本人の依頼で数十万円で殺人（コロシ）を請け負ってた事例があったよね？」

「福建（フジエン）マフィアの奴らは人殺しは引き受けてなかったが、上海（シャンハイ）マフィアの連中は殺人（コロシ）もやってた。だけど、いまは請け負う者はいなくなったね。日本には約六十八万人の中国人が住んでるけど、年々、富裕層が増えてる。チャイニーズ・マフィアたちは、日本で成功して富を得た同胞から巨額を脅し取ったりしてるんだ、家族や愛人を誘拐してね」

「そう」

「上海マフィアは、福建マフィアや北京（ペキン）マフィアの老板（ラオバン）（ボス）を拉致（らち）して、利権を横奪（ど）

りし、縄張りも荒らしてるね。日本のやくざたちの下働きなんかしなくても、自分らでシノげるようになったんだよ」

小寺が足踏みをしはじめた。

「旦那、寒いんだったら、炬燵に入ってもかまわないよ」

「これしきの寒さは耐えられる。近頃は実入りが少なくなってるんで、めったにエアコンを使わないようにしてるです。電気代、ばかにならないからね」

「不景気だから、金が回ってないんだろうな」

「だから、不良イラン人グループは歌舞伎町から大勢消えちまった。ドラッグの密売グループは摘発を嫌って、横浜、上野、錦糸町、浜松あたりに散ったね。新宿に居残ってるのは、南米出身の娼婦の用心棒兼ヒモが多い」

「アフリカ出身の不法滞在者たちは日本のやくざとつるんでキャッチ・バーでぼったくりをやったり、アフリカ諸国から各種の麻薬を運び屋を使って日本に持ち込んでるようだが……」

「そうなんだが、麻薬ビジネスはリスクも多いんだよね。昔と違って、ほとんどの薬物は空から日本に入ってくるようになったでしょ？　運び屋が入国の際に怪しまれて品物を没収されたら、とても商売にならない。金に困ってる不良ナイジェリア人かガーナ人犯罪者なら、人殺しも引き受けそうだな」

「旦那は、新宿署の組対にいる田村って巡査部長のことは知ってるよね？」

「田村克則は鼻摘み者だから、新宿のやくざ、水商売関係者、風俗店オーナー、不良外国人たちの誰もが知ってる。田村は警察手帳をちらつかせれば、どんな無理難題も通ると思ってやがるんだ。おれ、あの男は大嫌いだね」

「そう」

「威張り腐ってるだけなら、まだ勘弁できるけど、田村は強欲なんですよ。裏社会で生きてる人間の犯罪や不正に目をつぶってやるとか言って、数百万円の金をたかってる。それだけじゃない。高級クラブを金を払わずに飲み歩いて、組で管理してる高級娼婦を次々に提供させて、白人女たちも抱いてる。元ショーダンサーの愛人がいるのに、オットセイみたいな野郎だよ」

「殺された逸見は、悪徳警官の田村を監察中だったんだ。田村は新宿署が押収した麻薬をこっそりと盗み出して、どうもどこかの組に売りつけてるようなんだよ」

「あいつなら、やりそうだね。田村は関東俠友会や龍昇会から、だいぶ金を吸い上げてるって噂がある。お目こぼし料だけじゃ満足できないんで、押収した覚醒剤を高値で暴力団に買い戻させてるんじゃないのかね。脛に傷を持つ連中は仕方なく田村の言いなりになってるんだろうが、警官殺しまではやらないと思うな」

「しかし、田村が捨て身で威しをかけたら、無法者たちも逆らえないんじゃないのかな」

「そうか、そうだろうね」

「旦那、そのあたりのことをそれとなく探ってみてくれないか。これで何か体が温まる物でも喰ってよ」

津上は、小寺に三枚の一万円札を握らせた。

「いつも気を遣ってもらって、なんか悪いね。恩に着ます。早速、情報を集めるよ」

「よろしく！　有力な情報なら、旦那に三十万の謝礼を払います」

「そういうことなら、すぐに動かなきゃ」

小寺が大口を開けて笑った。前歯が一本欠けていた。義歯を入れる余裕もないのだろう。

津上は一〇五号室を出て、ＢＭＷに乗り込んだ。

懐から携帯電話を取り出し、新宿署の代表番号を押す。田村の知人になりすまし、署内にいるかどうか確かめた。悪徳刑事は職場にいた。

津上は車を近くの新宿署に向けた。

第二章　二人の悪徳刑事

1

午後三時を過ぎた。

津上はビーフ・ジャーキーをしゃぶりながら、新宿署の通用口に目を当てていた。車は青梅(おうめ)街道の路肩(ろかた)に寄せてあった。

都内で最大の所轄署の新宿署は、西新宿六丁目にある。青梅街道に面した高層建築だ。署員数は七百人近い。ほかに自動車警邏(けいら)隊員が三百六十人ほど常駐している。

津上は二十代後半の二年間、新宿署刑事課に勤務していた。そのころの上司や同僚は、誰も新宿署にはいない。

通常、警察官は数年で異動になる。かつての職場を見ても、特に懐かしさは覚えなかった。

暴力団係刑事の多くは、デスク・ワークを好まない。被疑者の送致書類を揃えると、そそくさと聞き込みに出るものだ。

悪徳刑事の田村は、まともに職務を果たす気がないようだ。暖房の効いた刑事部屋に少しでも長く留まっていたいのだろう。あるいは、押収薬物保管室に忍び込むチャンスをうかがっているのか。

ビーフ・ジャーキーを食べ終えたとき、ツイード・ジャケットの内ポケットで携帯電話が鳴った。津上はモバイルフォンを摑み出した。発信者は、情報屋の小寺だった。

「津上さん、関東侠友会の二次組織の箱崎組の若い衆二人がフリージャーナリストの滝とかいう男を取っ捕まえようとしたみたいだよ」

「その滝はおれの友人で、田村が関東侠友会から金をたかってることを知ってるんで……」

「田村に頼まれて、関東侠友会の人間が逸見を片づけたんじゃないかと推測したんだね？」

「そうなんだ。そのあたりは、どうなんだろう？」

「関東侠友会の理事と親しくしてるホストクラブのオーナーに聞いた話では、滝というフリージャーナリストに田村と癒着してることを公にされたくないんで、少し痛めつけるつもりだったそうだよ」

「田村は、関東俠友会の人間に逸見徹を消してくれと頼まれていないんだろうか」

「と思うね。つき合いのある組関係者に何人か探りを入れてみたんだけどさ、田村に警視庁の主任監察官を始末してくれって頼まれたなんて話は出てこなかったな」

「そう」

「田村は、絶縁状を回された元やくざか流れ者に逸見警部を殺らせたのかもしれないね。そうじゃなきゃ、新興組織を使ったんじゃないのかな。関東御三家の系列嚙んでる組はシロだと思うね。それから、外国人マフィアどもも事件には無関係の気がするな」

「旦那、すぐに動いてくれて、ありがとう。新たに何か情報が入ったら、教えてくれないか」

津上は電話を切った。

それから間もなく、新宿署の通用口から田村が姿を見せた。連れはいなかった。聞き込みに出かけるのではなさそうだ。

田村は灰色のスーツの上に、黒革のロングコートを重ねている。マフラーはベージュだった。

田村はコートのポケットに両手を突っ込み、西新宿の高層ビル街に向かって歩きだした。

津上はBMWを数十メートル、バックさせた。脇道に車を乗り入れ、低速で田村を追尾しはじめる。

田村は道なりに進み、新宿三井ビルの前を抜けた。京王プラザホテルの手前で右に曲がり、そのまま直進していく。

都庁舎の横を抜ければ、正面に新宿中央公園がある。田村は、園内で誰かと落ち合うことになっているのではないか。

津上はそう思いながら、BMWを徐行運転しつづけた。

田村が都庁第一本庁舎の横を通り、新宿中央公園内に足を踏み入れた。津上は車を公園の外周路に停めた。静かに運転席から出て、小走りに田村を追う。

田村は池の手前のベンチに腰かけ、茶色い葉煙草をくわえた。近くに人影は見当たらない。

津上はベンチの背後の繁みに入った。

灌木の前を抜け、樫の巨木の陰に身を寄せる。田村に気づかれた様子はうかがえない。待ち合わせているのは何者なのか。

津上は息を殺して、遊歩道に視線を向けた。

二十代前半のカップルが通り過ぎていった。二人はベンチの田村には一瞥もくれなかった。手をつないで、園の奥に歩み去った。

田村が短くなったシガリロを足許に落とし、靴の底で火を踏み消した。そのすぐあと、悪徳刑事は上着の内ポケットを探った。取り出したのはスマートフォンだった。着信音は耳に届かなかった。マナーモードに設定されているのだろう。

「幸恵、どうした？」

田村がスマートフォンを右耳に当て、愛人に問いかけた。残念だが、通話相手の声は津上には聞こえない。

「その件なら、忘れてないよ。これから、極上の覚醒剤を受け取ることになってるんだ」

「…………」

「ああ、まったく混ぜ物なしの正真正銘の極上覚醒剤だよ」

「…………」

「マブネタって聞いただけで、あそこが濡れちゃいそうか。ぐっふふ。花びらの内側とベロの裏に注射したら、幸恵はイキまくるよ。そう、エンドレスでな」

「…………」

「もちろん、大事なとこと尻(けつ)めどに白い粉をたっぷりとまぶしてやる」

「…………」

「いや、おれはポンプは使わない。まだ現職だから、注射だこはまずいよ。ああ、炙(あぶ)りはやるさ。それから、いつものように尿道に粉を含ませる」

「…………」

「いくらマブネタでも、二時間も入れっ放しは無理だよ。でも、四、五十分は、つながったままでいられるだろう」

「…………」

「男の快感も凄いよ。ビール一本分ぐらい射精したような感じを味わえるんだ。ばかだな、幸恵は。馬だって、そんな量は出せない」

「…………」

「錯覚だよ、そう感じるのは。そうだな、すぐに回復はするな。バイアグラなんて、おれは一生必要ない」

「…………」

「退職したって、薬物(クスリ)は手に入るさ。覚醒剤の密売をやってないのは、老舗(しにせ)の博徒(ばくと)一家ぐらいだ。愚連隊(ぐれんたい)系もテキ屋系も、みんな、麻薬ビジネスに手を染めてる」

「…………」

「おれが手入れした組からは、いつでも只で調達できる。おれは連中に恩を売ってるからな」

「…………」

「そう。手入れの前日に情報を流してやって、品物を別の場所に移させてるんだよ。押収した薬物や銃器は、ほんの少しなんだ」

「…………」

「押収した覚醒剤も偽物とすり替えて、摘発先に安く買い戻させてやってるんだ。どの組織も、おれに感謝してるはずさ」

「…………」

「そう、持ちつ持たれつってやつだ。おれたち暴力団係が体を張って摘発を重ねたって、やくざを撲滅することなんかできない。大物政治家や有名企業だって、闇の勢力の力を利用してるんだから。芸能界や水商売の世界も組関係者とは無縁じゃいられない」

「…………」

「警察の上層部だって、裏社会とはつながりがあるんだ。おれたち兵隊が熱血漢ぶって職務を全うしても、虚しいだけだよ」

「…………」

「だから、おれは悪党に徹することにしたわけさ。おかげで、おれは金に不自由しなくなった。どの組にも恩を売ってあるから、札束を用意してくれる」

「…………」

「幸恵、それは邪推だよ。どの組織も売れっ子ホステスや高級娼婦たちを用意すると言ってくれてるが、おれはそういう女たちを一遍も抱いたことはない」

「…………」

「嘘じゃないって。おれは本気で幸恵に惚れてるし、体も最高に合う。ほかの女となんか寝たいなんて思わないよ」

「…………」

「本当に本当だって。うっかり美人ホステスや娼婦とベッドインしたら、ナニしてるところをビデオで盗撮されるかもしれない。そうなったら、おれは暴力団に弱みを握られたことになるじゃないか」

「…………」

「幸恵が言った通り、奴らは態度がでかくなるだろうな。手入れの情報を流してやっても、おれに〝車代〟もくれなくなるだろう。押収した覚醒剤を買い戻させることだって、できなくなりそうだ。逆に署にある押収薬物をそっくりかっぱらえなんて命令されるかもしれないな」

「………」

「おれは、そんなにとろくないよ。裏社会の奴らは、おれの〝貯金箱〟みたいなもんなんだ。罠に嵌められるようなヘマはやらないさ」

「………」

「とにかく、あとで幸恵の部屋に行くよ。お股を濡らして待っててくれ。うっふふ」

田村が好色そうな笑い声をたて、通話を切り上げた。スマートフォンを仕舞ったとき、ベンチに近づく男が目に留まった。
三十六、七で、組員風の風体だ。黒っぽい背広に、ボア付きの防寒コートを羽織っている。眼光が鋭い。
津上は携帯電話を取り出し、カメラで男を盗み撮りした。

「笠原、待たせるじゃねえか。貫目が上がって、おれが知らないうちに若頭補佐にでもなったのかい？」

「田村さん、いじめないでくださいよ。舎弟頭にもなってないわたしにそういう冗談は、ちょいと厭味だな」

「こっちは厭味を言ったんだ。なんで遅くなったんだよ？　まさか品物（ブツ）に化学調味料を混ぜてて遅くなったんじゃないだろうな？」

「ちゃんと極上物（マブネタ）を持ってきましたよ」

「三百グラムだな？」

「いえ、百グラムしか持ち出せませんでした」

「おれは最低三百グラム欲しいと言ったはずだぞ」

「ちゃんと憶（おぼ）えてますよ。けど、三百グラムは抜けなかったんです。買い戻したマブネタを少しずつ抜いて田村さんに渡してることを知ってるのは、舎弟頭だけなんです。組長（オヤジ）はもちろん、若頭（カシラ）、若頭補佐（ホサ）の三人はまったく知らないんですよ」

「その話は前にも聞いた」

「ああ、そうでしたね。舎弟頭の独断で極上の覚醒剤（クスリ）を少しずつ抜いて田村さんに逆流させてるんですから、勘弁してくれませんか。一キロのパッケージから三百グラムも抜いたら、どうしても混ぜ物をしてることがわかっちゃいますんでね。抜けるのは、せいぜい百グラムですよ」

「三つの一キロ袋から百グラムずつ抜けば、まずバレないだろうが。え？」

田村が言って、ベンチの端を手で示した。笠原と呼ばれた男が手にしていたマニラ封筒を田村のかたわらに置いてから、ベンチの端に坐った。

「中にマブネタ百グラムと例の物が入ってます。用意できたのは、バイカルMP448スキッフです」

「ロシア製の中型ピストルか。で、銃弾（コドモ）は何発付けてくれたんだ？」

「ちょうど二十発です。どんな犯罪（ヤマ）にも使われたことはありませんから、足がつく心配はないでしょう」

「そいつは、ありがたいな。まさか官給されてるSIG（シグ）ザウエルP230を使うわけにはいかないから、笠原に調達してもらったんだよ」

「田村さん、誰かに命（タマ）狙われてるんですか？」

「そういうわけじゃないんだ。おれが闇社会の人間と蜜月関係にあることを嗅（か）ぎつけた犯罪ジャーナリストがいるんだよ。滝直人って奴なんだ。そいつのことを関東侠友会の箱崎組の連中に喋ったら、少し痛めつけてくれると言ってたんだが、昨夜（ゆうべ）、逃げられたらしいんだよ。だから、滝ってジャーナリストがおれの身辺を嗅ぎ回ったら、ハンドガンで威（おど）してやろうと思ったわけさ」

「そういうことなんですか。これは舎弟頭がどこかで聞いた噂なんですが、去年の十二月十七日の晩に殺（や）られた警視庁の逸見とかいう主任監察官に田村さんがマークされてたということですが、それは事実なんですか？」

「その監察官には何度か尾行されたよ。しかし、おれは何も尻尾は摑まれちゃいない。組対課にいるおれが組長をはじめ各組織の大幹部たちと飲食を共にするのは、仕事のうちだからな。それで品行に問題があると言われたんじゃ、暴力団係は全員、懲戒免職になっちゃうよ」

「ええ、そうでしょうね。でも、田村さんは……」

「笠原、言いかけたことを言えよ」

「いや、やめときます。田村さんの機嫌が悪くなるでしょうからね」

「おれは叩けば、埃の出る体だと言いかけたんだろ？」

田村が確かめた。絡む口調ではなかった。

「ええ、まあ」

「確かに品行方正とは言えないよな、おれはさ」

「筋者以上の悪党ですよ、田村さんは。おっと、言いすぎました。聞き流してください。お願いします」

笠原が頭を掻いた。

「はっきり言いやがる。しかし、おれは怒らないぜ。実際、そうなんだからさ。いまのおれは堕落しきってるよな。けどな、三十代の前半まではまともな刑事だったんだ。本気で暴力団を壊滅させたいと思ってた」

「そうなんですか」

「デフレ不況が長引いてるんで、喰えなくなった組員が増えた。それでも現在、暴力団関係者が全国に八万人近くいる」

「ええ、そうですね」

「やくざと売春婦は人間社会が存在する限り、永久にいなくならないよ。どっちも必要悪だからな。現に権力や財力を握った有力者たちは闇の勢力の手を借りて、自分らの野望を実現させてる。それが世の中なんだよ」

「難しい話はよくわかりませんけど、はぐれ者たちはしぶといですからね。できるだけ楽をして、いい思いをしたいと考えてる。法律もモラルも糞喰えです」

「各界で活躍してる成功者たちも、根っこの部分では同じなんだよ。私利私欲の塊と言える。学者は名誉、政治家は名声、財界人は富を求めてライバルたちを蹴落とすことで頭が一杯で、他者のことなんか何も考えてない」

「社会で尊敬されてる偉い人たちも、わたしらもたいして変わらないわけか」

「高潔な生き方をしてる人間も、少しはいるだろうな。しかし、大多数の者はただの俗人だよ。エゴイストばかりさ。それだから、社会をよくしたいと努力しても、無駄なんだよ」

「そうかもしれないな」

「だからさ、おれはアナーキーな生き方をすることにしたんだ。おれは間違いなく悪徳警官だよ。しかし、人間臭い生き方をしてると思ってる」

田村の独善的な言い訳を聞いているうちに、津上は無性に腹が立ってきた。繁みから躍り出て、得々と詭弁を弄している田村の顔面にパンチをぶち込みたい衝動に駆られた。

「そこまで開き直ってるんでしたら、いっそ警察なんか辞めちゃったら？　やくざになった元警官は関東だけでも、三百人以上はいるらしいですよ」

「ああ、知ってる。そいつらは盃を貰って一、二年は大事にされたんだろうけど、警察から捜査情報を引っ張れなくなったら、お払い箱にされる。大幹部になった元お巡りなんかひとりもいないはずだ」

「そういえば、そうですね」

「やくざと警官は本来、敵同士だったわけだよ。利害が一致したときは握手するが、もともと仲間じゃなかったんだ。おれが筋者の世界に移ったら、先は見えてるさ」

「そうですかね？」

「笠原、そうなんだよ。だから、おれは現職のままで、もうしばらく甘い汁を吸わせてもらうつもりなんだ。危ない連中と駆け引きしてるんだから、悪知恵を働かせなきゃな」

「うちの組長は近頃、半グレの連中や堅気が平気でとんでもない悪さをするんで嘆かわしいと言ってますよ」

「それだけ、いまの世の中はおかしくなってるんだろう」

「かもしれませんね」

笠原が相槌を打った。

「きょうの借りは、なんらかの形できっちりと返すよ」

「田村さん、ほかの組から新宿署が押収した麻薬を定期的にくすねて、うちの組織に安く回してもらえませんかね？」

「舎弟頭に打診してみろと言われてきたんだな？」

「読まれてましたか」

「わかるよ。ま、考えてみる。そっちは先に公園を出てくれ。おれはもう一服してから、愛人んとこに行くから」

田村が言って、シガリロをくわえた。

笠原がベンチから立ち上がり、遊歩道をたどりはじめた。

津上は動かなかった。笠原の顔写真はこっそり撮った。所属している暴力団を割り出すことはたやすい。

2

田村が公園を出て、車道に寄った。

タクシーを拾う気らしい。津上は自然な足取りで自分の車に歩み寄り、運転席に腰を沈めた。まだ面は割れていない。こそこそする必要はなかった。

空車は通りかからない。車道に降りた田村が左手首の腕時計に目をやった。

愛人をあまり長く待たせたくないのか。それとも、石岡幸恵の自宅に行く前に誰かと会う約束があるのだろうか。

津上は半田刑事部長に電話をかけた。ツウコールで通話状態になった。

「ある男の写真メールを送信しますんで、そいつの身許照会をお願いします」

「わかった。あとでコールバックするから、写真メールを送ってくれないか」

「了解です。そいつは、新宿中央公園で拳銃と百グラムの覚醒剤を田村巡査部長に渡したんです」

「もう少し詳しく報告してくれないか」

半田が促した。津上は経過をつぶさに語り、笠原の写真を送信した。

数分待つと、刑事部長から電話があった。

「写真の男は笠原泰志、三十四だった。新宿二丁目一帯を縄張りにしてる龍昇会の準幹部で、傷害と恐喝の前科がある」

「そうですか」

「きみの報告によると、笠原という男が逸見警部を殺害した疑いはなさそうだということだったね？」

「ええ、笠原は逸見を殺ってないでしょう。田村に少し張りついてみます」

津上は通話を切り上げた。

ちょうどそのとき、田村がタクシーに乗り込んだ。津上はタクシーが遠ざかってから、BMWを発進させた。

タクシーは青梅街道に出ると、新宿大ガードを潜った。靖国通りを短く走り、区役所通りに入る。

広域暴力団の事務所に寄るのか。タクシーは新宿区役所の先の脇道に入った。津上も車を裏通りに進めた。

タクシーは雑居ビルに横づけされた。

そのビルの地階は、レンタルルームになっていた。貸会議室と記された看板が出ている。タクシーを降りた田村は、地階に通じる階段を駆け降りた。

津上はＢＭＷをガードレールに寄せ、急いで運転席を離れた。雑居ビルの前まで走り、階段の中ほどまで下る。

通路の右側に、五つのドアが並んでいた。ワンルーム・マンションに似た出入口だ。田村は最も奥のレンタルルームに入った。

レンタルルームは本来、会議や商談の場として提供されていた。しかし、最近はラブホテル代わりに利用するカップルも増えているようだ。麻薬の受け渡し場所に使われた事例もあった。

津上は車に駆け戻り、グローブボックスから盗聴器セットを取り出した。集音マイクは吸盤型で、受信器は手帳ほどの大きさだ。イヤフォンは耳栓型だった。

グローブボックスの蓋を閉めたとき、ＢＭＷの横を組員風の男が急ぎ足で通り抜けていった。津上は、男の動きを目で追った。

男は雑居ビルの地階に消えた。

津上は雑居ビルまで走った。階段のステップを数段降り、通路の奥を覗く。やくざと思われる三十六、七の男は、田村のいるレンタルルームに入っていった。

津上は足音を殺しながら、階段を下った。

階段下の上部に防犯カメラが設置されているが、それ一台だけだった。レンズは階段に向けられている。

津上は通路の端まで進み、田村たちのいるレンタルルームの壁に耳を当てた。人の話し声はするが、会話内容まではわからない。

津上は、コートの胸ポケットに収めた受信器に接続している二本のコードを引っ張り出した。先にイヤフォンを耳に嵌め、集音マイクを壁板に押し当てる。

——田村さん、きのうは失敗を踏んでしまってすみません。中尾もおれも別に油断してたわけじゃないんすけど、滝ってジャーナリストに逃げられちまって。

——戸張、そのことはもういいよ。実は、そっちに頼みがあるんだ。

——どんな頼みなんです？

——滝直人って男は、元東京地検特捜部の検察事務官だったんだよ。

——えっ、そうなんですか!?

——そっちと中尾に滝を少し痛めつけてくれと頼んだんだが、殴ったり蹴ったりしただけでは、おれの身辺を嗅ぎ回ることはやめないだろう。

――普通の元サラリーマンなら、おれたちが関東俠友会箱崎組の者と知っただけでビビるんでしょうけどね。中尾とおれが追っかけたのに、野郎は赤坂見附の手前で尾行を撒いて逃げやがったからな。怯えて田村さんのことを嗅ぎ回らなくなるとは思えないですね。

――そうなんだよ。滝に致命的な証拠を握られてはいないと思うが、このままではちょっと不安なんだ。

――田村さんは度胸が据ってるのに、意外だな。主だった組からお目こぼし料をせしめて、不良外国人たちからも小遣いを巻き揚げてるんだから、怖いもんなんかないと思ってましたけどね。

――女房とは事実上の家庭内別居だから、懲戒免職になってもかまわないんだが、おれの身内やガキのことを考えると、悪さが知れるのは……。

――困るんですね？

――そうなんだ。おれの弱みを押さえかけてる滝を何とかしたいんだよ。

――お、おれに滝を殺れってことですか⁉

――殺さなくてもいいんだ。このマニラ封筒に入ってる拳銃で、滝の腕か脚を撃いてほしいんだよ。九ミリ弾を一発ぶち込めば、奴もビビるだろう。ある筋からロシア製のハンドガンを手に入れたんだが、足のつく心配はない。実包は二十発ある。

――急にそう言われても、おれ、困ります。

――戸張、それなりに礼はするよ。署で押収した覚醒剤を一キロかっぱらって、そっちに渡してやる。

――一キロですか⁉

――ああ、それも上物を盗(ギ)ってやるよ。組に内緒で地方の組織に卸せば、一億円にはなるだろう。いい内職だろうが？

――けど、兄貴たちや組長(オヤジ)に内職したことが知れたら、おれ、命(タマ)奪(と)られちゃいますよ。

――うまくやりゃ、バレやしないって。万が一、バレたときは組長の箱崎におれが話(ナシ)をつけてやる。別に組の品物(ブツ)を戸張が勝手に捌(さば)くわけじゃないんだ。組には何も実害がないんだから、箱崎組長だって大目に見てくれるさ。

――そうですかね。だけど、犯行(ヤマ)がバレたら、殺人未遂容疑で逮捕(パク)られるな。最低でも四、五年の刑期(ツトメ)は下(くだ)るでしょ？

――フェイスキャップを被って犯行(ヤマ)を踏みゃ、捕まったりしないよ。

――そうですかね。

――運悪く犯行(ヤマ)が発覚したら、おれが戸張を覆面(メン)パトの助手席に乗せて、逃がしてやるよ。国外に高飛(ジャンプ)びさせてやってもいい。

——でもなあ。

——戸張、よく考えてみろ。おまえの才覚で、ここ数年で一億を貯められるか？

——一千万円も無理でしょうね。

——だろうな。戸張、こうしようや。押収物保管室から質のいい覚醒剤を二キロくすねるよ。それを売り捌けば、二億円前後にはなるはずだ。

——一度でいいから、それだけの大金を拝んでみたいっすね。

——拝めるよ、すぐに。戸張、肚を括れや。な？

——田村さん、少し時間をください。

——駄目だ。そっちがノーと言うんだったら、このままでは済まないぞ。

——マニラ封筒を急に開けたりして、な、何をする気なんです⁉

——弾倉に二、三発詰めて、おまえの頭と胸部を撃つ。

——冗談でしょ？

——本気だよ、おれは。

——田村さん、物騒な物は封筒の中に戻してください。おれ、やります。滝のどっちかの太腿を撃きますよ。

——そうか。よく決心してくれた。滝直人の自宅の住所は調べてあるんだ。

——あの男の家(ヤサ)はどこにあるんです？

——自宅マンションは目白(めじろ)にあるんだ。住所は、この紙にメモしてある。

——見せてもらいます。


話が中断した。

津上はコートのインナーポケットに片手を当てた。手製のホルダーには三本のアイスピックと一枚のブーメランが入っている。

それを武器にして、レンタルルームに飛び込むべきか。しかし、やくざの戸張は拳銃を隠し持っているかもしれない。田村がバイカルMP448スキッフで発砲してくることも予想できた。

津上は逸(はや)る気持ちを抑(おさ)えた。深呼吸して、耳をそばだてる。

——戸張、なるべく早く滝をビビらせてくれないか。

——一両日中にフリージャーナリストを狙います。

——頼むぞ。おれは先に出る。愛人(レコ)が部屋で待ってるんだよ。

——これから、お娯(たの)しみですか？

——そういうことだ。そっちの面倒は最後まで見るから、安心してくれ。それじゃ、報告を待ってるぞ。

田村が椅子から立ち上がる気配が伝わってきた。津上は素早くレンタルルームから離れ、通路を足早に進んだ。地上に駆け上がり、物陰に走り入る。

少し経つと、田村が階段を駆け上がってきた。コートの右ポケットが膨らんでいる。百グラムの麻薬が入っているのだろう。

田村は区役所通りに向かっていた。タクシーで、幸恵のマンションに行くにちがいない。

津上は雑居ビルの地階に下り、端のレンタルルームに急いだ。いきなりドアを開けると、戸張が煙草を喫っていた。

マニラ封筒は卓上に置かれたままだ。

「てめえ、何なんでえ！　ノックもしねえでよっ」

戸張が喫いさしのラークを灰皿に投げ込み、椅子から立ち上がった。

「箱崎組の戸張だな？」

「誰なんだ、おまえは？」

「警視庁組対五課の者だ」

津上は告げて、模造警察手帳を呈示した。見せたのはFBI型の手帳の表紙だけだった。身分証明書には自分の顔写真を貼付してあるが、むろん偽名だった。

「おれは堅気じゃないが、拳銃や短刀なんて持ち歩いちゃいないぜ。検べてみろよ」

「丸腰だとしても、おまえは銃刀法違反になる」

「何を言ってるんでえ！」

「ばっくれるな」

「別にとぼけてなんかねえよ。あんた、何を言ってるんだっ」

戸張が息巻いた。津上は薄く笑って、卓上のマニラ封筒を摑み上げた。だいぶ重い。

「令状もないのに、他人の物に勝手に触んじゃねえよ！」

戸張が怒声を張り上げ、テーブルを回り込んできた。

津上は無言で体当たりをくれた。戸張がよろけて、椅子に尻餅をついた。

「公務執行妨害も加わったな。手錠打たれたくなかったら、おとなしくしてろ」

津上は戸張を怒鳴りつけ、マニラ封筒の封を開けた。ロシア製のピストルと弾箱が収まっている。

「レンタルルームで新宿署の田村巡査部長と交わした会話は、そっくり盗聴させてもらった」

「えっ」

「田村はマニラ封筒をおまえに渡して、フリージャーナリストの滝直人の腕か脚に九ミリ弾を浴びせてビビらせてくれと言ってたな」

「まいったな」

「見返りに田村は署の押収覚醒剤を二キロくすねて、おまえに渡すとも言ってた。それをどこかの組に売れば、二億にはなると口にしてたよな？」

「おれたちの遣り取り、録音したのか？」

「もちろん、音声は録ってある」

津上は平然と嘘をついた。

「なんてこった」

「この拳銃と実包は押収するぞ。メモを出せ！」

「え？」

「滝直人の自宅の住所の書かれたメモのことだ。田村から渡されたはずだ」

「粘っても意味なさそうだな」

戸張が観念した顔つきで、スラックスのポケットから二つ折りにした紙切れを抓み出した。津上はメモを引ったくり、コートのポケットに入れた。

「おまえ、滝の太腿に銃弾を見舞う気になったんだろ?」

「一応、引き受けたけど、本気で犯行(ヤマ)を踏むつもりなんかなかったんだ。二、三日経(た)ったら、預かったハンドガンを田村さんに返す気でいたんだよ。滝って奴をシュートするチャンスがなかったと言ってさ」

「撃(ハジ)く気がなかったら、マニラ封筒は受け取らないだろうが?」

「すぐ断ったら、田村さんを怒らせるかもしれねえと思ったんだよ。田村さんは、組の裏ビジネスのことを何もかも知ってるからさ」

「だから、田村に何百万も口止め料を払って、押収された麻薬を買い戻してやってたわけかい?」

「そうだよ。一方的にたかられてるだけじゃなく、組にもメリットはある。それだから、田村さんとつながってたんだ」

「そうだろうな。戸張、下の名を教えてくれ」

「健次(けんじ)だよ。おれは、どうなるんだ?　すぐ連行されるのか?」

「ヤー公を銃刀法違反及び公務執行妨害で検挙(アゲ)ても、たいして点数は稼げない」

「あんたの言いたいことはわかるよ。金を出せば、目をつぶってくれるって謎かけなんだろ?　手持ちは二十数万しかねえけど、五十万、いや、百万まで出すよ。ATMのある所まで一緒に行こうや」

戸張が安堵した表情になった。

「見くびるな！」

「額が少なすぎるか。百万以上は出せねえけど、おれの情婦の元AV女優を抱かせてやってもいいよ。名器なんだ。俵締めってやつで、痛いほど締めつけてくるんだよ。多分、抜かずにダブルが利くと思うぜ」

「金や女じゃ通用しないんだよ」

津上は、戸張の右の向こう臑を思うさま蹴りつけた。戸張が長く唸り、前屈みになった。

「おれの質問に正直に答えれば、無罪放免にしてやる」

「ほ、本当かよ⁉」

「ああ。箱崎組を含めて関東俠友会の構成員が田村に殺人を頼まれたことはないか？」

「そんなことを頼まれた奴はいないと思うよ」

「田村が別の組の奴か、外国人マフィアに人殺しを依頼したなんて噂も聞いたことがないか？」

「ないね。田村さんは、どこの誰を消したがってたんだい？」

「それは教えられないな。田村に電話して余計なことを喋ったら、おまえをすぐ逮捕るぞ」

「田村さんには何も言わないから、その封筒は持ってかないでくれよ。田村さんに返さなきゃならないからさ」

「こいつは、おれが預かる」

津上は踏み込んで、戸張の腹部に鋭い蹴りを入れた。戸張が呻いて、椅子から転がり落ちた。歯を剥きながら、動物じみた唸りを発しはじめた。

「あばよ」

津上はレンタルルームを出て、階段の昇降口に向かった。雑居ビルを後にし、BMWに乗り込んだ。

足許にマニラ封筒を置き、バイカルMP448スキッフを摑み出す。リリース・キャッチボタンを押し、銃把から弾倉を引き抜いた。

津上は通行人の位置を目で確認してから、マガジン・クリップに十発の実包を詰めた。初弾を薬室に送り込み、もう一発装塡する。フル装弾数は十一発だ。

津上は中型ピストルをコートのポケットに入れ、イグニッション・キーを捻った。BMWを穏やかに走らせはじめ、抜弁天に向かった。

迂回して区役所通りに出て、職安通りを右折する。明治通りを横切り、抜弁天交差点の百数十メートル先を左に折れる。あたりは若松町だ。

元ショーダンサーの石岡幸恵は、『若松レジデンシャルコート』の七〇七号室に住んでいる。津上はBMWを賃貸マンションの少し手前の路上に駐め、九階建ての建物に急いだ。

南欧風の造りの洒落たマンションだったが、表玄関はオートロック・システムにはなっていなかった。管理人室も見当たらない。

津上はエントランス・ロビーを斜めに進み、エレベーターで七階に上がった。エレベーター・ホールに防犯カメラは据えられていたが、歩廊には設けられていない。無人だった。

津上は七〇七号室の前で両手に布手袋を嵌め、コートの内ポケットから編み棒に似た形のピッキング道具を抓み出した。鍵穴にそっと挿し込み、右手首を左右に動かす。

金属と金属が嚙み合って、内錠が外れた。

津上はドア・ノブをゆっくりと引いて、隙間から身を滑り込ませた。ドアを静かに閉める。シリンダー錠は倒さなかった。

間取りは2LDKのようだ。玄関ホールの先はLDKになっていた。津上は土足のまま奥に進んだ。爪先に重心を置きながら、居間に入る。

そのとたん、リビングの右手の洋室から女の淫らな声が響いた。男の荒い息遣いも洩れてきた。ベッドマットの軋み音が生々しい。

どうやら田村は、若い愛人と交わっているようだ。野暮を承知で、津上は洋室のドアを十センチほど開けた。無防備なときのほうが田村の口を割らせやすい。

全裸の悪徳警官は後ろ向きだった。キングサイズのベッドの中央に両膝をつき、女の白い尻を引き寄せている。

よく見ると、ペニスはパートナーの肛門に深く埋まっていた。

「幸恵、どうだ？」

「いいわ、最高よ。でも、前と後ろに交互に突っ込まれたら、わたし、狂っちゃいそう」

「狂わせてやるよ」

「そろそろ前に……」

幸恵が枕に顔を沈めたまま、切なげな声でせがんだ。

田村が腰を引き、分身を膣の中にワイルドに突き入れた。ぶっ刺すような挿入だった。

「どっちも気持ちいいんだな？」

「うん。ああ、いいっ。たまんないわ」

「いけよ。何度でも、いけばいいさ。ほら、ほら！」

田村が腰をダイナミックに躍らせはじめた。幸恵は肉のクッションのように弾み、憚りのない声を放ちつづけた。卑語も口走った。

室内は明るかった。行為は丸見えだ。

「刑事が覚醒剤に手を出したんじゃ、もう終わりだな。田村、動きを止めろ」

津上はドアを強く押し開けた。

田村が振り返った。しかし、事態がよく呑み込めないようだ。律動を加えつづけている。

愉悦を全身で味わっている幸恵は、津上の声が聞こえなかったらしい。ヒップを狂おしげに旋回させている。

「わたしは、関東信越厚生局麻薬取締部の捜査官だ。田村、あんたが龍昇会の笠原から、百グラムのマブネタとロシア製の拳銃を受け取ったことはわかってる。それから、箱崎組の戸張に何を依頼したかもな」

津上はコートからバイカルＭＰ448スキップを取り出し、銃口を田村の背に強く押し当てた。

田村が身を強張らせ、ようやく愛人から離れた。津上は田村をベッドから払い落とした。

3

拳銃の安全装置を解除し、撃鉄(ハンマー)を起こす。

津上は目顔(めがお)で、田村に立てと命じた。

「そのハンドガンは、おれがレンタルルームで箱崎組の戸張に……」

田村が立ち上がった。黒々とした性器は、まだ反(そ)り返っていた。

「隠せ！」

「え？」

「マラを隠せと言ったんだ」

津上は顔をしかめた。田村がブランケットを摑み、腰に巻きつけた。幸恵はベッドの上で横坐りをしていた。

乳房も股間も隠そうとしない。不安げに床(ゆか)の一点を見つめている。

「レンタルルームで戸張からハンドガンを取り上げたんだな？」

「そうだ。おれは、ずっとあんたを内偵してたんだ。あんたは新宿中央公園で、龍昇会の笠原泰志と落ち合って、百グラムの極上覚醒剤とこのロシア製の拳銃を受け取った」

「おたくはどこにいたんだ?」

「ベンチのすぐ後ろの繁みの中だよ。あんたと笠原の話は、デジタルボイス・レコーダーに録った」

　津上は、もっともらしい嘘をついた。

「なんてことだ」

「暴力団や不良外国人グループに多額のお目こぼし料を要求してただけじゃなく、あんたは新宿署が押収した薬物をくすねて、元の持ち主に買い戻させてた。強欲だな」

「俸給が安すぎるんだよ」

「言い訳だな。あんたは心根が腐ってるんだ。レンタルルームで箱崎組の戸張にフリージャーナリストの滝直人の脚を撃ってくれと頼んだのは、悪徳刑事であることを知られただけじゃないからなんだろう?」

「何が言いたいんだ?」

　田村が問い返した。

「去年十二月十七日の夜、本庁の逸見主任監察官が四谷の裏通りで撲殺された。被害者は、あんたを監察中だった。事件当夜、あんたにはアリバイがあった。自分の手を直に汚してはいないんだろう。しかし、その事件に関与してないとは言い切れない。あんたが誰かに逸見徹を始末させた疑いはあるからな」

「おたく、本当に麻薬取締官なのか？　どうもおかしいな。司法警察手帳を見せてくれよ。厚生局麻薬取締部のGメンなら、手帳を携帯してるはずだぞ」

「手帳は後で見せてやる。その前に、隠してることを喋ってくれ」

「隠してること？」

「いまさら、とぼけるなよ。あんたは、逸見主任監察官に犯罪の物証を押さえられる前に第三者に殺らせたんじゃないのか？」

「おれは、そんなことはしてない。逸見にマークされてたことは知ってたが、おれは誰にも主任監察官を殺らせてないよ。嘘じゃない」

「あんたが正直者かどうか、体に訊いてみよう」

津上はベッドの下に落ちている羽毛掛け蒲団を拾い上げ、バイカルMP448スキッフの銃身に二重に巻きつけた。無造作に引き金を絞る。

くぐもった銃声が小さく響き、水鳥の白い羽毛が飛び散った。放った銃弾は田村の頭上を抜け、壁板を穿った。田村が屈み込んだ。幸恵はシーツの上に腹這いになった。

「もう一度、訊くぞ。田村、逸見の事件にはまったくタッチしてないのか？」

「ノータッチだよ。逸見が交通事故か何かで急死してくれればいいと思ってたが、おれは事件には関わってない。それだけは信じてくれ」

「主任監察官がぼんくらとは思えない。逸見徹は、あんたを懲戒免職に追い込めるだけの立件材料はすでに揃えてたと思われる」

「そうかもしれないが、おれは本庁の監察室の職員に調査協力を求められたことはなかったし、組対五課の者に尾行された覚えもないんだ。張り込まれてもいなかった。逸見がしつこく行動確認をしてたことは間違いなかったがね」

「まだ立件できるほどの裏付けは取ってなかったと言うのか？」

「多分、そうなんだろう。おれは逸見警部がこっちの悪さをどの程度把握してるのか気になったんで、探偵を雇って逆に……」

「探偵に逸見を尾行させたのか？」

津上は訊ねた。

「そうだよ。主任監察官はおれが出入りしてる組事務所や不良外国人グループの動きを探ってたらしいが、こっちの弱みを知られてる奴らが監察官に協力するわけないから、立件材料は揃ってなかったと思うね」

「そうなのかな」

「雇った探偵の報告によると、逸見はおれの監察と並行して本庁公安一課の立花正樹警部をマークしてたらしいんだ」

田村が言った。

津上は言葉を交わしたことはないが、立花の顔と名前は知っていた。公安一課は、新左翼、過激派、学生運動の動向を探っている。立花は優秀だという評判も聞いていた。

しかし、いつも表情は暗かった。現在、三十五のはずだ。若手ながら、スパイづくりは上手らしい。ことに女闘士に巧みに接近し、Sに仕立てるのがうまいようだ。立花は長身で、ハンサムだった。革命を夢想している女性活動家たちも、色男には弱いのだろう。

「その公安刑事はかなりの悪党で、利用価値のなくなった美人スパイを所属セクトの幹部に匿名で裏切り者だと密告して、私刑させてるみたいだぜ。おそらく立花警部に協力したSの女たちの何人かは抹殺されてるんだろう」

「公安刑事の多くは非情だから、立花がそういうことをした可能性はあるな」

「立花は、転向した過激派の元メンバーたちから小遣いをたかってるらしいよ。恐喝の常習犯みたいだぜ。セクトから遠ざかっても、逮捕歴のある転向者はまともな職にはありつけない」

「そういう奴が多いだろうな。過激な思想にかぶれた者は、ある意味で危険人物だから」

「ああ、その通りだね。だけど、人間は喰っていかなきゃならない。だからさ、日和った元活動家の中には非合法ビジネスで生活費を工面してるのも割にいるようなんだ」

「そういう人間もいるだろう。アルバイトやパートで雇われても、年収二百万円も稼げないかもしれない。プアな暮らしから脱け出したいと思ったら、危い副業に手を染めるほかないからな」

「立花はそういう連中から口止め料をせびってるみたいなんだ。一九八〇年代に軍事産業や自衛隊の基地なんかに爆弾テロを仕掛けた『蒼い旅団』というセクトのナンバーツウだった美人闘士は服役後、表向きは自然食品販売店を経営してるんだが、その裏で故買、出張売春、合成麻薬の密造、密航ビジネス、脱法ハーブの卸しなんかで荒稼ぎして、儲けの一部を『蒼い旅団』にカンパしてるそうなんだよ」

「その元女闘士は、本当に転向したんじゃなかったわけだ」

「だろうね。えーと、その彼女は確か天海優子という名で、いまは五十一だという話だったな。でも、いまでも綺麗だってさ」

「そうか」

「立花は、その天海って女から二千万円以上の銭を脅し取ったようだぜ。監察室の逸見警部は立花の悪事を嗅ぎ当てたんで……」

「立花が誰かに逸見を殺らせたんじゃないかって読み筋か？」

「それ、考えるんじゃないのか？　おれたちと違って、公安の奴らは保身の塊だからさ。立花の犯罪が暴かれたら、人生はそこで終わりだ。案外、そうなのかもしれないな」

「あんたが雇った探偵の名は？」

「高須良信という名前で、五十四、五だよ。渋谷の道玄坂上にある明光ビルの四階に事務所を構えてる」

「元警察官か？」

「いや、大手生保会社の調査部に四十代半ばまで勤めてて、独立したんだ。渋谷署にいたころ、同じ呑み屋でよく顔を合わせてたんだよ。そんなことで、逸見警部の動きを探偵の高須さんに探ってもらったわけさ」

田村がベッドに浅く腰かけた。

「龍昇会の笠原から受け取った覚醒剤はどこにある？」

津上は、田村と幸恵を等分に見た。二人は顔を見合わせたが、どちらも口を開かなかった。

津上は銃口を下げ、またロシア製の中型ピストルから九ミリ弾を発射させた。銃弾はベッドマットの中に消え、寝台の渡し板を貫いた。

排莢孔(はいきょうこう)から弾き出された空薬莢が寝具にぶち当たって、津上の右腕に触れた。熱くはなかった。

驚いた田村は中腰のまま、固まっていた。幸恵はヘッドボードまで退(さ)がり、身を竦(すく)ませている。

「残弾は、まだ九発ある。おれを苛(いら)つかせると、二人に弾(たま)を喰(くら)わせるぞ。急所は外してやるが、かなり出血するだろうな。痛みで気が遠くなるはずだ」

「もう撃たないでくれ。マブネタの入った袋はナイトテーブルの引き出しに入ってるよ。もう四、五グラムは使っちまったけどさ」

「田村、出せ！」

「仕方ないか」

「渡しちゃ駄目よ」

幸恵が叫ぶように言って、ナイトテーブルの引き出しを手で押さえた。豊満な乳房が揺れた。

「そう言ったって、幸恵……」

「覚醒剤(エス)が切れたら、わたし、狂い死にしちゃうわ。毎日、一グラムずつ体に入れないと、何も考えられなくなっちゃうのよ。壁から大勢の人たちの顔がぬっと突き出て、口々にわたしの悪口を言うの」

「それは幻覚だよ」

「体にいつも覚醒剤を入れてないと、全身に黒い虫が這い回るの。蟻みたいな形をしてるけど、違う虫かもしれない」

「そこまでいっちゃったか。おれはもっぱらアルミ箔の上の白い粉を炙って煙を吸ったり、尿道に塗りつけてただけだから、幻覚に悩まされたことは一度もないけど」

「わたしは一日だって、体に溶かした麻薬を入れないと、しゃんとならない。だから、マブネタは絶対に渡しちゃいけないの。駄目なんだってば！」

「そんなことを言ったって、どうにもならないじゃないかっ」

　田村が言い返した。すでに諦め顔だった。

「ね、ちょっとの間、目をつぶってて」

「幸恵、何を考えてるんだ？」

「いいから、目を閉じててよ」

　幸恵が田村に言い、巨大なベッドから降りた。素っ裸のままだ。幸恵は津上の前にひざまずくと、羽毛蒲団の裾を払いのけた。

「ふやけるぐらいにしゃぶってあげる。だから、マブネタは押収しないでちょうだい。ロの中で出したっていいから、今回はなんとか見逃して。お願いよ」

「ふざけるな」

津上は焦げた痕のある羽毛蒲団を拳銃から剝がし、足許に落とした。銃口を上げる。

「幸恵、正気なのか!? おれの前で、別の男のナニをくわえる気なのかっ」

田村が怒声を張り上げた。

「そうでもしなきゃ、覚醒剤を持ってかれちゃうでしょうが！」

「だからって、おれがいるのに別の男のマラをしゃぶるなんてことは赦さん！」

「どうしても気に入らないんだったら、別れてもいいわ。いろいろ世話になったけど、わたしは覚醒剤がないと、とても生きていけないの」

「なんて女なんだ」

「わたしに覚醒剤の味を覚えさせたのは、あなたでしょ？ セックスの快感が百倍も深くなるからって、かなり強引にわたしの下の部分に白い粉を塗りたくってから、注射したのは……」

「その通りだが、そのあとは幸恵が積極的に覚醒剤を体に入れるようになったんじゃないか」

「だって、本当に感じ方が凄かったんだもん。健康な女なら、誰でも虜になっちゃうわよ」

「でもな……」

「あなたは黙っててちょうだい」

幸恵が田村に言い放ち、津上の腰に片腕を回した。

「フェラチオには自信があるようだな」

「ええ、そうね」

「どのくらいテクニックがあるのかな」

津上は口の端を歪め、銃身を幸恵の口の中に突っ込んだ。

幸恵は一瞬、身を硬直させた。だが、怯えの色はすぐに消えた。幸恵は軽く瞼を閉じ、舌を動かしはじめた。

口は、Oの形にすぼめられていた。頬が膨らんだり、へこんだりしている。

「下手じゃなさそうだな」

「テストは、もういいでしょ？　早くあなたのキャンディーを舐めたいわ」

幸恵が片目を開け、くぐもった声で言った。

「遊びは終わりだ」

「え？」

「退がるんだっ」

津上は銃身を幸恵の口から引き抜いた。唾液で濡れそぼった銃口を田村に向ける。

「マブネタの袋を出せ！」

「わ、わかった」

田村がナイトテーブルに寄り、引き出しの中から白い粉の詰まった半透明のポリエチレン袋を掴み出した。開口部はクリップで留めてあった。

幸恵が溜息をついて、ベッドに腰かけた。

津上はベッドを回り込んで、ポリエチレン袋を受け取った。コートのポケットに突っ込む。

「押収するからな」

「マブネタは持ってかれても仕方ないが、なんとか見逃してくれないか。おたくは偽の麻薬取締官なんだろ？　麻薬Gメンが独歩行するわけないからな」

「おれは麻薬取締官だよ」

「いや、そうじゃないな。麻薬Gメンになりすまして、まとまった覚醒剤を横奪りしてるんだろ？　おれはそう見たよ」

「そうだったとしたら、どうだと言うんだ？」

「おれと手を組まないか。その気になれば、こっちはいろんな組から覚醒剤(シャブ)を押収できるし、署からも各種の薬物を持ち出せる」

「そうだろうな」

「二人が組めば、五億でも十億でも短い間に稼げる。いや、二十億は稼げそうだな」

「残念ながら、おれは金にあまり興味がないんだよ」

「嘘だろ!?」

田村が素(す)っ頓狂(とんきょう)な声をあげた。

「本当さ」

「何に興味があるんだい？」

「白黒ショーを観(み)るのは大好きだね。あんたたち二人がおれの前で刺激的なライブ・ショーを演じてくれたら、マブネタはそっくり返してもいいよ」

「本当にそうしてくれるのか？」

「ああ。ロシア製の拳銃も返してやろう」

津上は言った。

「他人(ひと)に観られてると、案外、興奮するかもしれないな。な、幸恵？」

「そうね。マブネタを返してもらえるなら、わたしは何でもするわ」

「そうか。なら、仰向けになってくれ」

田村が愛人に指示した。

幸恵が言われた通りにシーツに身を横たえ、両膝を立てた。

田村が幸恵の股の間に入り、口唇愛撫を施しはじめた。舌の湿った音がひどく淫猥だった。

津上はそっと携帯電話を取り出し、恥ずかしいシーンを動画撮影しはじめた。

田村は行為に熱中していて、盗撮されていることに気がつかない。身を委ねた幸恵も自分の世界に入っている様子だった。

ほどなく二人は体をつないだ。

田村は幸恵の両脚を肩に担ぎ上げると、リズミカルに突きはじめた。幸恵の足は上下している。

津上は情交シーンを撮りつづけた。公開されたくない映像があれば、田村は自分のことを探りにくくなるはずだ。

「まだ薬物の効き目は持続してるな。三十分、いや、一時間はジョイントしてられそうだよ」

「わたしも、いきまくりそう」

「すぐにこの世の極楽を見せてやる。幸恵、よがり狂え！　ほら、ほら！」

田村が烈しく動きはじめた。それに呼応するように幸恵が腰をくねらせる。

津上は抜き足で寝室を出た。ダイニング・キッチンを抜け、トイレに入る。コートのポケットから白い粉の入ったポリエチレン袋を取り出し、便器に中身を零した。

流水レバーを捻る。白濁した液体は、一気に排水パイプの中に吸い込まれた。

津上はポリエチレン袋を両手で丸めると、手洗いを出た。そのまま急ぎ足で、玄関ホールに向かう。

津上はマンションを出ると、ＢＭＷを渋谷に走らせはじめた。

4

エレベーターが停止した。

四階だった。明光ビルだ。

津上は函から出た。『高須探偵事務所』はエレベーター・ホールの斜め前にあった。

ドアをノックする。

中年男性の声で応答があって、ドアが開けられた。応対に現われたのは、五十代の半ばに見える男だった。

「警視庁の者です。佐藤といいます」

津上はありふれた姓を騙って、模造警察手帳を短く見せた。相手がにわかに緊張する。

「所長の高須さんですね？」

「は、はい。わたしどもは、真面目に仕事をやってますよ。不倫カップルから口止め料なんか脅し取ってません。いんちきな紳士録なんかも売りつけてませんよ」

「ちょっと確認させてもらいたいことがあるだけです」

「そういうことでしたか」

高須が頬を緩めた。

「オフィスの中に入れてもらえます？」

「ええ、どうぞ。あいにく二人の調査員が出払って事務の女性が欠勤してますんで、お茶も差し上げられませんが……」

「どうかお構いなく。失礼します」

津上は事務所に足を踏み入れた。

十五畳ほどの広さだ。右側にスチール・デスクが四卓置かれ、ほぼ中央に応接セットが見える。その左手に、ローズウッドの両袖机が据えられていた。所長席だろう。

壁際にはスチールの棚やキャビネットが並んでいた。大型の複写機もあった。

「どうぞお掛けください」

高須が先に来訪者をソファに坐らせ、向き合う位置に腰を落とした。

「新宿署の田村克則刑事の依頼で、あなたは本庁主任監察官だった逸見徹警部の行動を探ったそうですね」

「その依頼の件は、どなたから聞いたんでしょう？」

「田村巡査部長本人から聞きました」

「そういうことなら、協力しましょう。田村さんは自分が監察室の逸見警部にマークされてるようだから、彼の行動を調査してほしいと言ってきたんです。ちょうど逸見警部が亡くなる四カ月前のことでした。そのときに田村さんは、盗み撮りした逸見さんの写真を持ってきました」

「そうですか。調査は、高須さんおひとりでされたんですか？」

津上は訊ねた。

「わたしひとりだけでは尾行や張り込みを看破されやすいんで、二人の調査員と三人で交代で調査を重ねました。監察の仕事をされてた逸見警部は田村さんが何か不正をしてると怪しんでるようでした」

「田村刑事が新宿の高級クラブに出入りしたり、玄人の女性とホテルにしけ込んだりしてましたからね」

「ええ。それだけではなく、その筋の幹部たちや不良外国人たちと接触してましたから。単に情報集めじゃないことは見抜かれてしまったんでしょう」

「でしょうね」

「それに田村さんは、抜弁天のマンションに若い愛人を囲ってましたんで」

「元ショーダンサーの石岡幸恵さんのことですね？」

「そうです。田村さんはジャンボ宝くじの特賞を射止めたんで、派手に遊ぶようになったと言ってましたが、その話を信じる者はいないでしょう」

「田村巡査部長が新宿の暴力団や外国人マフィアの弱みにつけ込んで、数百万円単位のお目こぼし料を毟ってたことは間違いないでしょう。それから、新宿署に保管されてた押収薬物をくすねて摘発先にこっそり買い戻させてたこともね」

「そこまでやってたのか、田村さんは。裏社会の連中に手入れの情報を流して金と女を回してもらってるだけだろうと思ってましたけど」

「田村克則は悪徳警官そのものですよ。逸見警部は、田村刑事を懲戒免職に追い込むつもりだったんでしょう」

「そうなんでしょうね。しかし、田村さんの犯罪の証拠は摑めなかったんだと思います。それだから、別の公安刑事を並行する形で監察してたんでしょう」

「その刑事は、本庁公安一課の立花正樹のことですね？　田村刑事は、あなたからそういう報告を受けたと言ってました。そのことは間違いないんですね？」

「はい。去年の暮れに殺された逸見警部は、田村さんと立花刑事の私生活を交互に洗ってましたよ」

　高須がうなずきながら、そう答えた。

「そうみたいですね」

「警視庁の主任監察官は七カ月も前から公安刑事の交友関係を調べてたんですよ。立花の品行に何か問題があるという感触を得たんで、ずっと監察してたんでしょう。しかし、犯罪の確証は得られなかった。男前の公安刑事は悪知恵が回りそうな感じだから、尻尾を摑まれるようなヘマはやらなかったんだろうな」

「しかし、高須さんは立花の裏の顔を知ったんでしょ？」

「ええ、まあ。立花刑事にスパイに仕立てられたと思われる過激派の女活動家が三人も揃って行方不明になってる事実を知って、わたし、二人の調査員をそれぞれのセクトの幹部に接近させたんですよ」

「それで何がわかったんです？」

　津上は畳みかけた。

「その三人の女性活動家は立花刑事とつき合いが間遠になったころ、共通して消息がわからなくなったんです。最初はわたし、公安刑事が利用価値のなくなった内通者を密かに葬ったのかもしれないと思ったんですよ」

「公安畑の捜査員は冷酷な面がありますが、人殺しまではしないでしょ？」

「ええ。その後スタッフの報告で、各セクトに密告電話があったことがわかったんです」

「密告者は男だったんですね？」

「ええ。口に何か含んでるような声だったそうですが、それは確かだということでした。公衆電話からの発信だったらしいんです」

「あなたは、その密告者が立花刑事だと睨んだわけですね？」

「そうです。各セクトが立花と通じてた裏切り者を始末して、遺体を山か海に棄てたんじゃないんですかね。あるいは死体をクロム硫酸の液槽に投げ込んで骨だけにして、ハンマーで砕いたのかもしれません」

「そう疑えますが、各セクトのSだったメンバーを消したという物的証拠が出てこない限りは……」

「おっしゃる通りですね。それから、立花刑事がセクトに密告電話をかけたとも断定できません」

「そうですね」

「しかし、立花正樹は悪人ですよ。『蒼い旅団』のナンバーツウだった天海優子の服役後のダークサイドを嗅ぎ当て、裏ビジネスの上前をはねてるようなんです」

「その話は、田村刑事から聞きました。かつての女闘士は表稼業とは別に盗品の転売、出張売春、合成麻薬の密造、密航ビジネス、脱法ハーブの卸しなどで荒稼ぎしてるとか？」

「その疑いは濃厚ですね。そうした非合法ビジネスのほか、パキスタンの武器商人から銃器や細菌兵器を買い付けて、過激派セクトやカルト集団に転売してるようなんですよ」

「ダーティー・ビジネスの儲けの一部を天海優子は『蒼い旅団』にカンパしてるらしいんでしょ？」

「それを立証する材料は摑めなかったんですが、元女闘士は『蒼い旅団』のメンバーと雑（ざっ）沓（とう）の中でちょくちょく接触してました。折り畳んだメモを擦（す）れ違いざまに相手に渡してたんですよ。カンパ金の受け渡し方法がメモされてたんじゃないのかな？」

「それ、考えられますね。天海優子は転向したと見せかけて、『蒼い旅団』の闘争資金を非合法ビジネスで捻（ねん）出（しゅつ）してるのかもしれません」

「おそらく、そうなんでしょう。いまどきイデオロギーを信奉してる人間がいることが理解できませんが、若いときに植えつけられた思想と訣別することは難しいんでしょうね。カルト集団の活動に情熱を傾けてる男女もわかりません」

「こっちも同じですよ」

「わたしたちの調べで、立花刑事は都心の一等地のワンルーム・マンションの五室の所有権を数年間で手に入れ、月におよそ五十万円の家賃収入を得てます。購入資金は天海優子からせしめたんでしょう」

「高須さん、天海優子に関する情報をちょっと見せてもらえます?」

「プリントアウトした物がありますんで、それを差し上げますよ」

高須がソファから立ち上がって、スチール・キャビネットに歩み寄った。中からプリントアウトの束を取り出して、じきに戻ってきた。

「助かります」

津上はプリントアウトの束を受け取り、文字を追った。

天海優子のビジネス拠点と自宅の住所が記載されていた。顔写真も複写されている。目鼻立ちがはっきりとした派手な造りだ。とても五十一歳には見えない。四十前後で通りそうだ。

「若いときは、多くの男たちを振り返らせたんでしょう。グラマラスでもあるし、セクトの男たちには女王さまのように扱われてたんじゃないでしょうか」

「そうなのかもしれないな。天海優子に結婚歴は？」

「ずっと独身です。出所した六年前には同棲してた男がいたようですが、世田谷区奥沢二丁目の戸建て住宅で、でっかいピレネー犬と暮らしてます」

「そうですか。自然食品の販売店の半分はレストランになってるようですね。二子玉川にあるオフィスには毎日、顔を出してるんでしょ？」

「定休日の月曜日以外は通ってるんですが、ちょくちょく黒いポルシェを自ら運転して出かけてます」

「そうですか。過激派のナンバーツウだった女がポルシェを乗り回してるのか」

「高級ドイツ車に乗ってるのは、完全に転向したと見せかけるためなんでしょう。ビジネスに専念してると思わせれば、公安の人たちもまさか天海優子が非合法ビジネスで稼いだ金を『蒼い旅団』にカンパしてるなんて想像もしないでしょうから」

「そうだろうな」

「警察は逸見警部殺しに田村さんと立花刑事が関わってるという見方をしてるんですか？」

高須が問いかけてきた。

「どちらも逸見主任監察官にマークされてたわけですから、怪しまれても仕方ないでしょう。しかし、二人にはアリバイがあるんですよ。どっちも実行犯ではないんだが、ただ……」

「どちらかが誰かに逸見警部を片づけさせたかもしれないという疑惑はあるわけですね?」

「ええ、まあ。二人の刑事は、主任監察官にマークされてたんで」

「確かに二人には疑わしい点がありますよね。恐喝めいたことをやってたんでしょうし、被害者に監察されてたからな。捜査の素人がこんなことを言うのは口幅ったいんですが、怪しいという点では田村さんと癒着してた暴力団組員と不良外国人たち、それから立花刑事に強請られつづけてたと考えられる天海優子も捜査の対象にすべきかもしれませんよ」

「逸見警部は、田村、立花の両刑事が強請ってた連中の犯罪や悪事を知ってたはずだとおっしゃりたいんですね?」

「そうです。やくざ、外国人マフィア、元女闘士も自分らの後ろ暗いことを明るみに出されたら、まずいことになります。脅迫者の田村さんや立花刑事にも腹立たしさを覚えてたでしょうが、自分らが検挙されることを何よりも避けたいという心理が強く働くと思うんですよ」

「そうでしょうね。逸見警部に悪事を知られた可能性がある連中も、殺人の動機はあると言えるな」

「そうですよ。考えすぎかもしれませんが、暴力団関係者、不良外国人、天海優子なんかも洗ってみたほうがいいと思います」

「そうですね。ご協力に感謝します。ありがとうございました」

津上はプリントアウトの束の耳を揃えて、ソファから立ち上がった。高須も腰を浮かせた。

津上は雑居ビルを出て、路上駐車中のＢＭＷに乗り込んだ。エンジンを始動させた直後、友人の滝直人から電話がかかってきた。

「おれは用心して外出を控えてるんだが、何かわかった？」

「滝を赤坂見附の近くまで追った二人組は、関東侠友会箱崎組の中尾と戸張という組員だったよ。その二人を動かしたのは、新宿署の田村巡査部長だということも判明した」

津上はそう前置きして、隠れ捜査の成果を伝えた。

「さすが津上だな。捜一の元エースだったことはあるね。酒場のマスターになっても、刑事の勘は鈍ってないわけだ」

「依願退職したのは十年も前じゃないんだぜ。二年前まで殺人犯捜査をやってたんだ。おれをあまり年寄り扱いしないでくれ」

「どんな仕事も同じだと思うが、リタイアすると、どうしても勘が鈍るじゃないか。津上は、まるで殺人捜査を継続してるみたいに冴えてるよ」

滝が感心した口ぶりで言った。津上は一瞬、どきりとした。元検察事務官は自分が極秘に非公式捜査を請け負っていることを覚ったのではないか。

そんなふうに感じ取れたが、思い過ごしだろう。これまで細心の注意を払ってきた。自分が民間人の隠れ捜査員と気づかれたわけはない。津上は自分に言い聞かせた。

「新宿署の田村はやくざ者を使って、おれをビビらせたかったんだろう。そこまで考えるのはアウトローたちからお目こぼし料をぶったくったり、押収した薬物をかっぱらってることを暴かれたくないということだけじゃない気がするな」

「おれは、愛人の幸恵と痴戯に耽ってた田村をとことん追い込んだんだ。奴が誰かに逸見を殺らせたんだったら、口を割ってたと思うよ」

「そうすると、津上の心証では田村はシロなんだ？」

「だろうね」

「立花が保身のため、第三者に逸見警部を抹殺させたんだろうか」

「まだ何とも言えないが、その疑いはゼロじゃないな。ハンサムな公安刑事は点数稼ぎたくて、過激派の女性活動家をSに仕立ててたようなんだ」

「で、用なしになった女たちを裏切り者だとセクトに密告するような男なら、殺し屋（プロ）に逸見徹を始末させそうだな」

「立花が誰かに逸見を殺（や）らせたんじゃないなら、暴力団関係者、外国人マフィア、『蒼い旅団』のナンバーツウだった天海優子を洗ってみるよ。逸見は田村と立花の悪事だけではなく、その二人にたかられてた連中の犯罪も知ってた可能性があるからな」

「あっ、そうか。でも、悪徳刑事二人に金を巻き揚げられてた奴らは逸見を闇に葬る前に……」

「田村と立花を先に殺（や）るんじゃないかって思ったんだろ？」

「そう。脅迫者に際限（さいげん）なく無心されたんじゃ、たまらないじゃないか。津上、そうは思わない？」

「確かに、たまらないよな。しかし、やくざ者、不良外国人、元女闘士は脅迫者の存在よりも警察に自分たちの犯罪を知られるほうが困るんじゃないのか。逮捕されたら、もう非合法なやり方で荒稼ぎはできなくなるからな。それ以前に服役させられるのは辛いことじゃないか」

「そうだな。そうなら、立花がシロだとしても、二人の悪徳警官にたかられてた連中も怪しくなってくるわけか」

「そうなんだよ」

「津上、おれがもう裏社会の連中に襲われることはないと思うんだ。だから、こっちもまた動くよ」

「滝はもう少し待機しててくれ。おれが天海優子に公安刑事に強請られてるかどうか、まず探りを入れてみる。それが事実なら、立花正樹を揺さぶってみるよ」

「なら、おれは自宅で出番を待つことにしよう」

滝が電話を切った。

津上はいったん終了キーを押し、従弟の森下隆太のスマートフォンを鳴らした。スリーコールの途中で、電話はつながった。

「おれだよ。隆太、まだ恵比寿の塒にいるのか？」

「いいえ、もう店です。きょうは少し手の込んだオードブルを用意しようと思って、三時過ぎから仕込みを開始したんですよ」

「おまえが一所懸命に働いてくれるから、店は流行ってる。ありがたいことだね」

「達也さん、きょうは店に入る時刻がだいぶ遅くなるんでしょ？　おれのことを誉めてくれるときは、いつもそうだからな」

「くそっ、読まれてたか。実は、そうなんだ」

「美人副署長が高層ビルのレストランでワインを傾けながら、夜景を一緒に眺めたいとわがままを言ったんでしょ？」

「友香梨はそんなことを急に言ったりしないよ。ほかにどうしても外せない急用ができたんだ」

「そうなんですか」

「日付が変わる前には『クロス』に顔を出せると思うが、成り行きでどうなるかわからないんだよ。もしも閉店までに行けないようだったら、また電話する」

「無理をしなくてもいいですよ。おれひとりでも、なんとかなりますから。どうしても手が回らないときは、常連のお客さんに手伝ってもらいますよ」

「そうか」

「カウンターの中に入って、シェーカーを振りたがるお客さんが多いんだよね」

「隆太、そんな客にカクテルを作らせたりしないでくれ。店の評判が落ちるのは困るからさ」

「ご心配なく」

「おまえに忙しい思いをさせるわけだから、適当に売上金をごまかしてもいいぜ」

「おれ、そんなケチ臭い真似はしませんよ。本当に無理をしないでください。しっかり商売しますんで、安心してほしいな」

従弟が屈託のない声で言って、先に電話を切った。

津上はモバイルフォンを所定の場所に仕舞うと、車を二子玉川に向けて走らせはじめた。

第三章　消されたキーマン

1

玄米ピラフは食べにくかった。

米粒をよく噛(か)みしだかないと、食道に落ちていかない。具の山菜も硬かった。ただ、本しめじの味は悪くなかった。

だが、津上は二口(ふたくち)食べただけでスプーンを皿の上に投げ出した。

自然食レストラン『陽(ひ)の恵み』の奥まったテーブル席に向かっていた。客の姿は疎(まば)らだった。

店は玉川髙島屋(たまがわたかしま)の裏手にあった。出入口の近くの陳列台には、さまざまな自然食品が並んでいる。値段は、やや高めだ。それでも、割に繁昌している様子だった。

店の半分はレストランになっている。客は自分を含めて三組しかいない。いつもは混んでいるのか。

津上はある考えがあって、色の濃いサングラスをかけて入店した。柄が悪く見えるらしく、客とウェイトレスが咎めるような眼差しを向けてくる。

津上は煙草に火を点けてから、自分の髪を一本引き抜いた。それを食べかけのピラフの上に落とす。

津上は一服し終えてから、二十三、四のウェイトレスを手招きした。すぐにウェイトレスは歩み寄ってきた。

「お呼びでしょうか?」

「玄米ピラフに髪の毛が入ってたぜ」

津上は言った。

「それは大変申し訳ありませんでした。すぐに新しい玄米ピラフをお持ちします」

「もういいよ。食欲がなくなっちまったからな」

「本当にすみませんでした」

ウェイトレスがおどおどとした顔で詫び、深く頭を下げた。

「せっかく健康にいい自然食品を売りにしてるのに髪の毛が入ってたんじゃ、台なしだよな」

「は、はい」

「見たところ男の頭髪みてえだから、おそらく厨房の男性スタッフの毛が玄米ピラフの上に落ちたんだろうよ。衛生面で問題があるな」

「気をつけます。もちろん、お代はいただけません」

「そういう問題じゃねえだろっ」

津上は声を尖(とが)らせた。すると、ウェイトレスが竦(すく)み上がった。

「おっと、ごめんよ。そっちの責任じゃねえんだったな」

「わ、わたしが気づいていれば、お客さまに不快な思いをさせずに済んだはずです。わたしにも責任はあります」

「本当に悪いと思ってるかい？」

「は、はい」

「それじゃ、罰(ばつ)としてラブホにつき合ってもらうか」

「えっ、そういうことは……」

「冗談だよ。そっちをいじめるつもりはないんだ。けど、責任者に一言文句を言ってやらねえとな。ここのオーナーは派手な造りの四十代ぐらいの女性だろ？」

「え、ええ」

「奥にいるよな？」

津上は店に入る前に、オーナーの天海優子を見かけていた。

「はい」

「ちょっと呼んでくれや」

「あ、はい。ですけど……」

「オーナーにそっちとコックを強く叱らないように言ってやるよ。こういう失敗は、店主の責任だからな。とにかく、オーナーを呼んでくれ」

「わかりました。少々、お待ちになってください」

ウェイトレスが下がった。津上は、またセブンスターに火を点けた。

半分ほど喫ったとき、女性店主がやってきた。

「お客さま、ご迷惑をおかけしました。誠に申し訳ありませんでした」

「おれ、悪質なクレーマーじゃないぜ」

「そんなふうには思っておりません。どのような謝罪をすればよいのか、ご相談させていただけますでしょうか。申し遅れましたが、わたくし、責任者の天海でございます」

「ま、坐ってよ」

津上は、顎をしゃくった。

天海優子が黙礼し、正面の椅子に浅く腰かけた。白っぽいウールスーツが似合っている。中年太りはしていない。

「最初に言っとくけど、おれはクレームをつけて〝お車代〟をせびろうなんて思っちゃいないぜ。自然食品を大量にくれとも言わない」

「どういう形で誠意をお示しすればよろしいのでしょうか？」

「あんたがもう少し若かったら、一度抱かせろよなんて言うかもしれねえな」

「ご冗談がお好きなんですね。わたし、若く見られることが多いんですが、もう五十路に入ってるんですよ」

「わかってる。確か五十一だよな。下の名は優子だろ？」

「あなたは誰なの!?」

「公安関係の人間じゃないから、そう警戒しないでくれ」

津上は前屈みになって、声のトーンを落とした。優子が上体を反らして、まじまじと津上の顔を見た。

「あんたとは一面識もないんだ。けど、おれは一九八〇年代にあんたが『蒼い旅団』のナンバーツウだったことを知ってるよ。それから、爆弾テロに関与して刑務所にぶち込まれたこともさ。出所したのは六年前だったよな？」

「ブラックジャーナリストみたいね。そうなんでしょ？」

「ちっともビビってないね。さすが元女闘士だ」

「対立してた別のセクトの回し者なの？」

「おれは、革命ごっこには興味ねえよ。関心があるのは銭だけさ。毎日、楽して大金を手に入れる方法を考えてる」

「ただの恐喝屋みたいね。だとしたら、わたしにまとわりついても無駄よ。わたしは生き方をがらりと変えて、真っ当な暮らしをしてるの。法律に触れるようなことはまったくしてないわ」

「余裕たっぷりに笑ったが、内心は危いことになったと思ってるんじゃねえの？」

津上は、短くなった煙草の火を消した。

「なぜ、わたしがびくつかなきゃならないのかしら？」

「表の商売とは別にダーティー・ビジネスをいろいろやって、荒稼ぎしてるからさ」

「ダーティー・ビジネスですって⁉」

優子が円らな瞳をさらに丸くした。

「名演技じゃねえか。いかにも心外そうに映ったよ。けど、おれは騙されねえぜ。あんたは裏で故買、出張売春、合成麻薬の密造、それから犯罪者たちを高飛びさせてやって、脱法ハーブの卸しもやってる。荒稼ぎした銭の一部は、『蒼い旅団』にカンパしてるな。つまり、あんたの転向は偽装だったわけだ」

「わたしは、女やくざじゃないわ。そんな非合法ビジネスをやる度胸なんかないし、それ以前に犯罪に手を染める気はないわね。それに出所してからは、昔の活動家仲間とは誰とも会ってないわ。思想的に稚かったことに気づいたから、彼らをもう仲間とは思えなくなったのよ。それどころか、わたしを洗脳した悪人たちとさえ思ってるわ」

「あんたは間違いなく裏の顔を持ってる。裏ビジネスのことは単なる噂や中傷じゃないこともわかってるんだぜ」

「そんなはったりは通用しないわ」

「まだ空とぼける気か。あんた、しぶといね。けど、ばっくれても意味ないぜ。おれは、あんたがダーティー・ビジネスのことで警視庁公安一課の立花正樹に強請られて口止め料を払ってる事実まで知ってるんだ」

津上は揺さぶりをかけた。

「立花？　そんな公安刑事は知らないわ」

「知らないだと!?」

「ええ。本当に知らないのよ」

優子は不自然なほど目を逸らさなかった。図星だったから、うろたえる様子を見せたくなかったのだろう。かえって怪しい。

「実は、あんたと立花が人目につかない場所で会ってるシーンをデジカメで盗み撮りしてあるんだ」

「そんなふうに鎌をかけたって、無駄よ。わたしは、そんな名前の公安刑事とは会ったこともないんだから」

「あんた、ダーティー・ビジネスをしてるのに、少し無防備だな。おれは奥沢二丁目にある天海邸を何回も張り込んで、私生活まで調べ上げてるんだ。独り暮らしだけど、でっかいピレネー犬を飼ってるな」

「えっ」

「あの大型犬はオスなんだろ？　体が疼くときは、獣姦してたりしてな」

「下品なことを言わないで！　飼ってる犬はオスだけど、もう男は卒業したわ」

「『蒼い旅団』にいたころ、同志の野郎どもを代わりばんこに腹の上に乗っけてやってたのかい？」

「いい加減にして！　一一〇番するわよ」

「別におれはかまわねえぜ。お巡りが駆けつけたら、困るのはそっちだろうが！　あんたは、いろんな裏ビジネスをやってるんだからさ」

「わたしの店で不快な思いをさせたんだから、十万円差し上げるわ。それで、引き取ってちょうだい！」

「待てや。おれは、そのへんのチンピラじゃない。刑事（デカ）の立花は金回りがよくなって、都心のワンルーム・マンションを五室も購入した。三十四、五の公安刑事は、それほど高い俸給なんか貰ってねえ。立花があんたの弱みにつけ込んで、口止め料をせびってることは間違いねえな」

「わたしは、疚（やま）しい商売なんかしてないわ。何度も同じことを言わせないでほしいわね」

「あの色男は、根っからの悪人なんじゃねえのか。いろんなセクトの女性活動家をSに仕立てて、利用価値がなくなると、組織に裏切り者だと名指しで密告電話をしてたみてえだからな。スパイにさせられた三人の女が消息不明になってるらしい。組織に三人とも消されたんだろう」

「二十万円の詫び料を用意するわ。それで手を打ってくれないんだったら……」

「ダーティー・ビジネスに励んでる荒っぽい奴らを呼んで、おれを半殺しにさせるつもりかい？」

「警察に連絡すると言おうとしたのよ」

「早く一一〇番しろよ、そうしたけりゃな」

「三十万出すわ」

「そんな端金なんか欲しくねえんだよ。こうなりゃ、はっきり言っちまおう。おれはさ、あんたの裏ビジネスの片棒を担ぎたいんだよ。立花みたいに口止め料なんか要求しねえ。あんたの右腕になって、でっかく稼ぎたいんだ。分け前を半分寄越せなんて欲はかかねえって。収益の二割をくれりゃいいんだ。おれは二十歳前から裏街道を歩いてきたんで、ネットワークを持ってる。あんたの力になれると思うぜ」

「わたしは危ない副業なんてしてないわ」

「即断即決ってわけにはいかねえよな。一時間後に、また来るよ。そのとき、色よい返事を聞きてえな」

津上は立ち上がって、『陽の恵み』を出た。BMWは、少し離れたパーキングビルに預けてある。津上は国道二四六号まで歩いた。

玉川通りだ。右手にコーヒーショップがあった。その店に入り、ブレンドコーヒーを注文する。

津上は、天海優子に罠を仕掛けたのだ。元闘士が非合法ビジネスで汚れた金を得ているとしたら、配下の者に津上の正体を突き止めさせる気になるにちがいない。

津上は五十分ほど時間を遣り過ごしてから、コーヒーショップを出た。まだ七時前だったが、夜気は棘々しかった。

津上は早足で『陽の恵み』に引き返した。

だが、店の照明は点いていなかった。シャッターも下りている。

天海優子は営業を早めに切り上げて、従業員たちを帰宅させたのだろう。彼女は当分、姿をくらますつもりなのかもしれない。

読みが浅かった。別の罠を仕掛けて、優子を追い込むべきだった。

津上は歯嚙みした。

ちょうどそのとき、近くの暗がりで人影が動いた。津上は目を凝らした。

レスラーのような大男が背を向けて足踏みをしている。どうも怪しい。優子の配下の者ではないのか。

津上は確かめることにした。『陽の恵み』から離れ、東急田園都市線の二子玉川駅に向かう。

津上は駅前に達してから、さりげなく振り返った。

巨身の三十歳前後の男が焦って立ち止まり、近くの洋品店に入った。やはり、尾けてきた。

津上はほくそ笑んで、駅の向こう側に渡った。高架沿いに短く歩き、多摩川の土手道に出た。しばらく進み、立ち止まって煙草に火を点ける。そのあと、小さく振り向いた。

大男は四、五十メートル後方にたたずみ、星空を見上げていた。いかにも、わざとらしい。

津上は笑いを堪えながら、ふたたび歩きだした。
七、八分歩くと、前方左手に大きな建物が見えてきた。あたりに人影は見当たらない。
津上は土手の斜面を一気に駆け降り、河川敷の繁みに身を隠した。待つほどもなく、巨漢が河原に下ってきた。サングラスを外す。

「おれに何か用かい？」

津上は大男の前に進み出た。

「おたく、おれをここに誘い込んだんだな。おれとファイトする気になったとは、いい度胸してるね。言っとくけど、この体格は高校と大学のレスリング部で造り上げたんだよ。プロの格闘技で喰う夢は破れたけど、素人にのされたことはない」

「お喋りな野郎だ」

「おたくこそ口が達者じゃないか」

「夢破れたんで、天海優子の下で非合法ビジネスの手伝いをしてるわけか」

「何を言ってるのか、わからねえな」

「ま、いいさ」

「どっからでもかかってこいよ。今夜も冷え込むから、ちょいと汗をかきたいと思ってたんだ」

「そっちから仕掛けてきな。おれは、独活(うど)の大木(たいぼく)とまともに組み合うほど閑人(ひまじん)じゃないんだ」

「ほざきやがって」

大男が両手の指の関節を鳴らしながら、のっしのっしと間合いを詰めてくる。まるで月の輪熊だ。羆(ひぐま)ほど迫力はない。

津上はコートのインナーポケットから手早くアイスピックを引き抜き、すぐに投げつけた。狙(ねら)ったのは、相手の右の肩口だった。

的(まと)は外さなかった。巨身の男が呻(うめ)いて、棒立ちになった。

津上は地を蹴った。

コートの裾が翻(ひるがえ)る。津上は突進し、巨漢の左膝と股間を連続して蹴った。連続蹴りは極(き)まった。

相手が尻から落ち、後ろに引っくり返った。

津上は大男の腹部を膝頭で押さえ、アイスピックを引き抜いた。先端は鮮血に染まっているはずだが、それを目で確かめることはできなかった。

津上は、アイスピックの先を相手の喉元に突きつけた。

「そんな物を使うなんて卑怯だぞ」

「おまえとリングの上で闘ってるわけじゃない」

「そうだけど、汚いよ」

「喧嘩は、勝つか負けるかだ。もう勝負はついたな」

「まだだ。おれは必ず反撃してみせる」

「反撃できるかな」

「できるさ」

大男が津上の右手首を摑もうとした。津上は左手の二本の指で、相手の眼球を突いた。

巨漢が獣じみた声をあげ、体を左右に振った。

津上は、男の左の二の腕の部分にアイスピックの先を浅く埋めた。相手が長く唸った。

「暴れるようだったら、そっちの全身をアイスピックで突きまくることになるぞ」

「お、おたく、何者なんだよ⁉　天海さんも得体が知れない男だと不気味がってたが

「……」

「そっちは、どんな非合法ビジネスの手伝いをやらされてるんだ？」

「そんなことは言えない」

「だろうな。いま、言えるようにしてやろう」

「な、何する気なんだ!?」

大男が怯え戦いた。津上は黙したままアイスピックの先端を深く沈め、左右に抉った。

相手の唸り声は長かった。

「まだ喋る気にならないか？」

「言う、言うよ。おれは時給三千円で、ハーブに刺激的な化学薬品を混ぜて袋に詰めてるんだ」

「つまり、脱法ハーブ作りをしてるんだな？」

「そうだよ」

「仲間は何人いるんだ？」

「自分を入れて十三人だよ。そのうち、四人は女だよ。みんな、正規の仕事にありつけなかった連中さ。ネットカフェを塒にしてた奴もいる」

「天海優子に声をかけられたのか？」

「そうじゃないよ。それぞれ別の男たちに割のいい仕事があるって声をかけられて、溝口にある借家に連れてかれたんだ。７ＬＤＫのでっかい家だよ、古ぼけてるけどさ」

「おまえらはその家に寝泊まりして、脱法ハーブの袋詰めをやってるわけだな？」

「そうだよ」

「そっちは天海優子に電話で呼び出されて、おれの正体を突き止めろと命じられたんだな？」

「ああ」

「おまえらの雇い主は、表の商売のほかに盗品を売り捌いたり、出張売春クラブを経営してるようだぜ。それから、麻薬の密造や犯罪者の国外逃亡の手助けなんかもして、荒稼ぎしてるらしいよ」

「えっ、そういうこともしてるの!?　それは知らなかったな。奥沢の自宅や『陽の恵み』でアウトローっぽい奴を見かけたことはないから、なんか信じられないな。でも……」

「でも、何だ？」

「天海さんはすごく金回りがいいから、本業以外に副収入を得てるとは思ってたんだよ。自然食品ビジネスは赤字じゃないらしいけど、たいして儲かってないんだってさ。『陽の恵み』のスタッフたちがそう言ってた」

「天海優子がダーティー・ビジネスのことで誰かに恐喝されてるなんて話を聞いた覚えは？」

「そんな話は聞いたことないよ。脱法ハーブの袋詰め作業をしてるのは、誰もがただのバイトだからね。天海さん自身はもちろん、危ないサイドビジネスに関わってる人間は都合の悪いことは他人に喋らないと思うな」

大男が言った。

「愚問だったよ。天海優子が店を閉めて自宅に逃げ帰ったとは思えない。行き先に見当はつかないか？」

「わからないよ、おれは。ただのバイトだからさ。でも、おれはレスリングを長くやってたから、おたくの正体を吐かせるには適任だと思ったんだろうな」

「ああ、多分な。おまえの雇い主が若いころに過激派セクトの『蒼い旅団』のナンバーツウだったことは知ってるか？」

「いや、初耳だね」

「なら、かつてのセクトにカンパしてることもわからないだろうな」

「そんなこともしてるのか!?　そうなら、シンパもシンパだね。天海さんは裏ビジネスで稼いだ金を『蒼い旅団』の闘争資金にしてるんだろうか」

「これから、おれと一緒に奥沢の天海宅までつき合ってもらう。彼女が帰宅したら、そっちには証言者になってもらうぞ」

「それは勘弁してくれよ」

「協力してもらう。立つんだっ」

津上はアイスピックを乱暴に引き抜き、巨漢から離れた。

大男が呻きながら、緩慢な動作で身を起こす。次の瞬間、敏捷に繁みの中に逃げ込んだ。

津上はすぐに追った。枯れた葦や灌木を搔き分けつつ、二百メートルほど追走した。

だが、見失ってしまった。大男は地べたに伏せて、息を殺しているようだ。しばらく待ってみたが、動く人影は目に留まらなかった。

津上は諦め、土手道に駆け上がった。

2

夜が更けた。

午前零時を回っていた。奥沢の閑静な住宅街はひっそりとしている。静寂そのものだ。

津上は路上に駐めたＢＭＷから、天海邸に目を注いでいた。豪邸と言えるだろう。エンジンは一時間ほど前に切ってあった。一晩中、アイドリングさせているわけにはいかない。車内は冷え冷えとしている。

天海宅のカーポートにポルシェは納まっていない。

時々、家屋の中から大型犬の哀しげな鳴き声が聞こえる。飼い主がいっこうに帰宅しないので、ピレネー犬は不安でたまらないのだろう。

愛犬を放置したまま、優子が幾日も自宅を留守にするとは考えにくい。夜が明けないうちに、いったん彼女は自宅に戻りそうだ。

津上はそう判断し、辛抱強く張り込んできた。

さすがに寒い。手の指先がかじかみはじめた。

津上はエンジンをかけ、カーエアコンの設定温度を二度ほど上げた。車内が暖かくなりはじめたころ、天海宅の前に灰色のエルグランドが横づけされた。

運転席から降りた三十二、三の男は天海宅の門扉を開け、家屋の中に入っていった。優子からスペアキーを預かったと思われる。

血縁者なのか。あるいは、配下の者だろうか。

津上はＢＭＷから静かに降り、数十メートル先の天海邸に接近した。

内庭を覗き込んでいると、家の中からエルグランドを運転していた男が現われた。大きな体をした白いピレネー犬の引き綱を握っている。大型犬は尾をしきりに振っていた。

津上は体を反転させ、自分の車に駆け戻った。

男が大型犬をエルグランドの後部座席に押し入れ、運転席に坐った。どうやら彼は優子に頼まれ、彼女の許に飼い犬を届けることになっているようだ。

エルグランドを追尾すれば、過激派の元闘士の居所は突き止められるだろう。優子は麻薬の密造工場に逃れたのか。それとも、出張売春か密出国ビジネスのアジトに身を潜めているのだろうか。

エルグランドが走りだした。

津上は少し間を取ってから、BMWを発進させた。エルグランドは住宅街を走り抜けると、東名高速道路の下り線に入った。

天海優子は別荘を所有しているのかもしれない。

津上はエルグランドを尾行しつづけた。

エルグランドは御殿場JCTまで右のレーンを走りつづけ、新東名高速道路に乗り入れた。津上は追走を続行した。

エルグランドは島田金谷ＩＣで一般道に下り、大井川に沿って北上しはじめた。大井川鐵道の神尾駅の手前を左折し、しばらく山裾を走った。

別荘地ではない。標高六、七百メートルの山の麓だが、明らかにリゾート地ではなかった。近くに合成麻薬の密造工場があるのだろうか。いつの間にか、東の空はだいぶ明るくなっていた。

エルグランドが林道の奥で急停止した。

津上も車を停めた。エルグランドの四十メートル後方だった。エンジンを切る。

エルグランドを運転していた男は、なぜだか車から出ようとしない。尾行を覚られたのだろうか。

津上は、しばらく様子を見ることにした。

三分ほど過ぎると、左手の林の中から顔をタオルで隠してヘルメットを被った男が姿を見せた。二十代の後半だろうか。厚手のセーターの上に、時代遅れのアノラックを羽織っている。

よく見ると、鉄パイプを握っていた。『蒼い旅団』のメンバーかもしれない。津上は車を降りて、相手に近寄った。

そのとき、エルグランドが急発進した。

追うべきか。津上はＢＭＷに駆け戻る気になった。そんなとき、右側の林の中からヘルメットを被った別の若い男が現われた。角材を手にしている。男たちをぶちのめすほかなさそうだ。

津上は身構えた。

「あんたは何者なんだ？　公安のイヌじゃなさそうだが、ただの強請屋でもなさそうだな」

鉄パイプを持った男が、敵意の漲った目を向けてきた。

「おまえら二人は、『蒼い旅団』のメンバーらしいな」

「その質問に答える気はないっ」

「そうかい。いいさ、答えなくても。察しはつくからな。セクトのかつてのナンバーツウは、転向した振りをしてただけなんだろ？　それで非合法ビジネスで稼ぎまくって、闘争資金にしてるわけだ？」

「………」

「天海優子は、この近くにいるんだな？」

「あんた、公安のイヌなのか!?　もしかしたら、本庁公安一課の立花の同僚なのかもしれないな」

「おれは公安刑事じゃない。『陽の恵み』のオーナーに言ったように一匹狼のアウトローさ。いや、ハイエナと言ったほうがよさそうだな。天海優子がやってる裏ビジネスの収益(アガリ)の二割をいただこうとしてるんだから」

「正体を吐かないと、大怪我するぞ」

角材を握りしめた男は、いつの間にか津上の背後に立っていた。津上は横に動き、二人の男が視界に映る位置にたたずんだ。

「そういう動きができるのは、ただの強請屋じゃないな」

鉄パイプを持った男が言った。

「おれを公安刑事かもしれねえとまだ疑ってるようだな。そうじゃないってことを証明してやろう」

「それ、どういう意味なんだ？」

「天海優子は危(ヤバ)いサイドビジネスのことを警視庁公安一課の立花正樹に知られて、たびたびたかられてる。そんなことをやってる刑事(デカ)は人間の屑(くず)だな」

「だから？」

「おれが立花の口を永久に塞(ふさ)いでやるよ。その代わり、元ナンバーツウの参謀格にしてもらうぜ。もちろん、ボランティア活動をする気はない。裏ビジネスをもっともっと拡大してやるから、儲けの二十パーセントはきっちり貰う」

「…………」

「公安のイヌに際限なく口止め料をせびられるのは腹立たしいよな。おまえらは、官憲を憎んでるはずだ。天海優子も同じだろう」

「ああ、それはね」

「立花を怒らせたら、おまえらは間違いなく検挙られるな。しかし、公安野郎を殺っちまえば、その心配はなくなる」

「…………」

「ただ、まだ別の不安が残ってるよな」

「別の不安？」

「そうだ。優子のダーティー・ビジネスは、そのうち暴力団関係者に知られちまうだろう。ヤー公たちは、立花よりも銭が好きだぜ。おれが言ってること、わかるな？」

「まあ」

「自慢できることじゃねえけどさ、おれは十代のころから裏の世界で生きてきた。どの組にも足はつけなかったが、その筋の大物たちは何人も知ってる」

「やくざに難癖をつけられたときは、あんたが話をつけてくれると言うのか？」

「そういうことだ。おれに収益の二割を払っても、天海優子は決して損はしない。えげつない組に狙われたら、裏ビジネスをそっくり奪われちまうぜ」

「われわれは警察も暴力団も恐れてない」

「強がりはよせ。やくざどもは金のためなら、なんでもやるぜ。おまえ、姉貴か妹がいるのか？」

「妹が二人いるよ」

「なら、妹たちは輪姦(マワ)されて、覚醒剤(シャブ)漬けにされるな。それで、売春をさせられる。それだけじゃない。おまえの血縁者は無一文にされるにちがいない。天海優子は五十女だけど、美人でセクシーだ。だから、老人専用の娼婦にされそうだな」

「天海さんにひどいことをしたら、われわれは暴力団の本部に爆弾を仕掛けて幹部たちを皆殺しにしてやる」

　角材を手にした男が喚(わめ)いた。

「そんなことをしたら、セクトの全員が殺(や)られるな」

「やくざどもに好きなことはさせないっ」

「そう虚勢を張っても、堅気が奴らにかなうわけがない。でも、おれが間に入れば、すべて丸く収まるぜ」

「大物ぶるなっ」

「フカシこいてるわけじゃねえんだ。天海優子がいる所におれを案内してくれや」

津上は二人を交互に見た。先に応じたのは、鉄パイプを持った男だった。

「そういうことはできない」

「おまえ、損得勘定もできねえのかっ。それとも社会のシステムをいったん壊したいと願ってる活動家は、損得なんか考えちゃいけないと思ってるのかい？」

「あんた、われわれが稚(おさな)いと思ってるのか！」

「本気で社会のシステムを変えられると考えてるとしたら、頭が幼稚だな」

「どっちも、名門大学に現役合格したんだぞ。二人ともセクトの活動があったんで、中退したがな」

「学校の勉強ができたからって、頭(ペテン)がいいとは限らない。むしろ学校秀才は、ばかが多いな」

「あんた、われわれを侮辱(ぶじょく)するのかっ」

「つまらないプライドをことさら大事にしてる奴は、大ばかだろうが！」

津上は嘲笑した。男たちが相前後して、鉄パイプと角材を振り翳(かざ)す。

「やめとけ」

津上は忠告した。

無駄だった。最初に鉄パイプが斜め上段から振り下ろされた。津上はステップバックして、軽々と躱した。鉄パイプが空を切る。

「き、きさまーっ」

もうひとりの男が吼えて、角材を水平に泳がせた。空気が鳴った。津上は一歩退がって、二歩前に出た。フェイントだ。

男たちがいったん後退し、代わる代わるに武器を振り回しはじめた。津上はダンス・ステップを踏むように動き、コートの裾に利き腕を伸ばした。

インナーポケットからブーメランを抓み出し、すぐさま投げ放つ。

ブーメランは鉄パイプを握った男の脇腹を掠め、津上の手許に正確に戻ってきた。すかさず今度は、角材を持った男を狙う。飛ばしたブーメランは標的の側頭部のすぐ横を抜け、大きくUターンしはじめた。

男が驚きの声をあげて、しゃがみ込んだ。

津上は戻ってきたブーメランをキャッチし、二人の男に告げた。

「鉄パイプと角材を捨てないと、ブーメランで二人の筋肉を削ぐぜ。その気になれば、おまえらの頸動脈を切断することもできるんだ。血煙が派手に上がるだろう」

「われわれを侮辱したことを詫びなければ、得物は棄てない」

「まだ負けを認める気はないか。なら、少し筋肉を傷つけてやろう」

「そうはさせない」

鉄パイプを持った男が武器を大上段に構え、一気に間合いを詰めてきた。凄(すさ)まじい形相(ぎょうそう)だった。殺気さえ感じられた。

もう片方の男も角材を中段に持ち、勢いよく突進してくる。

津上はブーメランを見舞った。

鉄パイプが振り下ろされた。男はブーメランを鉄パイプで叩き落とすつもりだったのだろう。しかし、それはできなかった。

ブーメランは相手の脇腹のアノラックを切り裂(さ)き、舞い戻ってきた。鉄パイプを持った男が片膝を落とし、何か罵(のの)しった。

次の瞬間、もうひとりの男が角材を槍(やり)のように投げ放った。津上は、飛んでくる角材めがけてブーメランを投げた。

ブーメランが角材を掠(かす)った。角材は高度を下げ、津上の四、五メートル先に落下した。

Uターンしてきたブーメランを受ける。もうひとりの男が鉄パイプを垂直に掲(かか)げ、勢い込んで立ち上がった。

津上はブーメランを泳がせた。

金属同士が触れ合って、小さな火花を散らした。ブーメランは弾かれ、角材を振り回した男の真横に落ちた。

男がブーメランを拾い上げ、津上に投げつけてくる動きを見せた。津上はインナーポケットからアイスピックを引き抜き、素早く投げた。

狙ったのは、相手の右の肩口だった。アイスピックは標的に突き刺さった。ブーメランが手から零れた。

別の男が鉄パイプで、ブーメランを引き寄せようとしている。

津上は残りのアイスピックを放った。アイスピックは、相手の右の二の腕に沈んだ。鉄パイプが右手から離れた。

津上は男たちに走り寄り、連続蹴りを浴びせた。先に転がったのは、角材を持っていた男だ。

津上は倒れた男たちの肩と腕からアイスピックを引き抜き、相手の衣服で先端の血糊を拭った。それからブーメランを回収し、鉄パイプと角材を遠くに投げる。

「ナイフ投げの名人がいることは知ってたが、アイスピックやブーメランを武器にしてる奴がいるとは……」

鉄パイプを持っていた男が呟いた。

「知らなかったか？」

「ああ」

「二人とも観念しないと、アイスピックであちこち突き刺すぞ。それでも抵抗したら、ブーメランで喉を掻っ切る！」

「そんなことはやめてくれ」

「エルグランドを運転してた男は、おまえらのセクトのメンバーなのか？」

「彼はメンバーじゃない。シンパのひとりだよ。犬の調教師なんだ。天海さんが飼ってるピレネー犬のトレーナーだったんだよ」

「天海優子の自宅に出入りしてるうちに思想教育を受けて、過激派の同調者になっちまったわけか」

「そうなんだろうが、詳しいことは知らない」

「ドッグ・トレーナーは、ピレネー犬を天海優子に届けにいったんだな？」

「…………」

「急に日本語を忘れちまったか。思い出させてやろう」

津上は一本のアイスピックを握り込むなり、大きく振りかぶった。

「突き刺す気なのか!?」

「ちょっと脳天を刺激してやるよ」

「さ、刺さないでくれーっ」

「痛い思いをしたくなかったら、素直になるんだな」

「わかったよ。天海さんは、山の分教場にいる」

「中腹のあたりに廃校があるらしいな」

「そうなんだ。十年以上も前に廃校になった小学校があって、そこは秘密の……」

「合成麻薬の密造工場になってるんじゃないのか？」

「そうじゃない。天海さんがいろんな窃盗グループから買い取った宝石を保管してあるんだよ。指輪、首飾り、イヤリングのダイヤをカットし直して、インドや中国のブラックマーケットに流してるんだ」

「ドラッグの密造工場はどこにあるんだ？」

「合成麻薬は以前、愛知県内の倒産した薬品メーカーの工場で密造してたようだけど、もういまは……」

「やってないのか？」

「そう聞いてる。儲けは大きいけど、いろいろリスクがあるんで、密造を中止したみたいなんだ」

「人見さん、そんなこと喋っちゃ危いでしょ！」

角材を武器にしていた男が、大声で仲間を詰った。

「仕方ないだろうが。アイスピックで体のあちこちを突かれるなんて、おれは御免だよ。桑原は割に痛感が鈍いから、耐えられるだろうけどな」

「おれだって、アイスピックで刺されたら、平気じゃないですよ。でも、軍資金を懸命に捻出してくれてる天海さんを裏切るのはまずいと思うな。あの女性には恩義があるじゃないですかっ」

「わかってるよ。だけど、おれたちは不死身じゃないんだ。怖い思いをしたら、我が身がかわいくなるだろうが？」

「そうですけど……」

「おまえは黙ってろ。こっちが天海さんに経過をちゃんと話して、勘弁してもらうよ。だからさ、桑原はもう何も言わないでくれ」

「人見さんがそこまで言うなら、もう何も言いませんよ」

桑原が口を閉じた。人見のほうが一、二歳上なのだろう。

「出張売春、国外逃亡の手助け、銃器や化学兵器の転売なんかはいま現在も……」

「細かいことは知らないけど、やってるはずだよ」

「脱法ハーブ作りは、溝口のでっかい借家にやってるんだろ？」

「そうだけど、あんた、本当に一匹狼の無法者なの？　なんか公安のイヌっぽいな。本当は立花の同僚か何かで、あいつと同じように天海さんを強請ろうと思ってるんじゃない？」

「おれみたいに荒っぽいことをやる公安刑事がどこにいる？　暴力団係（マルボウ）刑事だって、もっと紳士的だと思うぜ」

「そう言われると、そうだな」

「二人とも立て！　おれを廃校になった元小学校に案内するんだ」

津上はブーメランだけをコートのインナーポケットに戻し、二本のアイスピックは左手に握り込んだ。人見たちが逃げる様子を見せたら、迷うことなく背中に浅くアイスピックを突き立てる気でいる。

立ち上がった男たちが肩を落として、無言で歩きだした。津上は二人の数メートル後ろから従（つ）いていった。

林道を数百メートル行くと、急に視界が展（ひら）けた。右側に平坦地があって、廃校が影絵のように建っている。校庭はさほど広くない。

古ぼけた門柱はあるが、扉はなかった。

建物は真っ暗だ。優子が警戒して、懐中電灯やランタンを点けていないのか。

津上は闇を透かして見た。

校庭のどこにもエルグランドは駐められていない。

優子は愛犬と一緒にドッグ・トレーナーの車で逃げ去ったのだろうか。

「自家発電機をなんで使ってないのかな？」

「おかしいですね」

人見と桑原が言い交わしながら、元木造校舎に近づいた。表玄関に達すると、二人は左右に分かれて走りはじめた。逃げる気になったらしい。

津上は二本のアイスピックをすぐに投げつけた。

しかし、どちらも的を外してしまった。津上は、右側から建物の裏に回った人見を追った。

元校舎の真裏は自然林になっていた。常緑樹が連なり、伸びた枝が重なり合っている。

自然林の中から、複数の足音がかすかに聞こえた。人見と桑原は林の中に逃げ込んだにちがいない。

しかし、もう追いつかないだろう。津上は追跡を断念して、建物の前方に引き返した。

小型懐中電灯の光で足許を照らしながら、表玄関から元校舎に入る。玄関ホールのすぐ左手に、職員室として使われていたと思われる広い部屋があった。

壁際にマットレスが七、八枚見える。その上には寝袋や毛布が載っていた。床には、ところどころ電気ストーブが置いてあった。ランタンもある。

中央の机の上には、研磨機器らしき物が置かれている。スチール・キャビネットの上には、大小の箱が並んでいた。だが、いずれも空だった。

天海優子は買い集めた盗品の貴金属を大急ぎでまとめ、エルグランドに飛び乗ったと思われる。まだ遠くまでは逃げていないだろう。

津上は元小学校の校庭に走り出ると、BMWを駐めた場所に向かって疾駆しはじめた。

3

部屋のインターフォンが鳴っている。

津上は眠りを破られた。だが、ベッドから離れなかった。静岡の山中から戻ったのは、午前六時過ぎだった。眠かった。

ドア・チャイムは執拗に鳴りつづけている。次第に眠気は殺がれた。

津上は舌打ちして、ベッドから降りた。パジャマの上にウールガウンを羽織り、寝室からリビングに移る。午前十時四十分を過ぎていた。

津上は壁掛け式のインターフォンの受話器を耳に当てた。

「どなたでしょう？」

「わたしだ」

半田恒平だった。

「刑事部長、どうされたんです？」

「インターフォンで遣り取りはできないんで、とにかく上がらせてくれないか」

「はい。少々、お待ちになってください」

津上はガス温風ヒーターのスイッチを入れてから、玄関ホールに走った。ドア・チェーンを外し、手早くドアを開ける。

「まだ寝んでたようだな」

「明け方近くまで捜査をしてましたんで……」

「そうか。お邪魔するよ」

半田が後ろ手にドアを閉め、オーバーコートを脱いだ。

津上は刑事部長を先にリビング・ソファに坐らせ、向かい合う位置に腰かけた。

「ガウンのままで失礼します」

「気にしないでくれ。昨夜八時二十分ごろ、新宿署の田村克則巡査部長が愛人の石岡幸恵宅で射殺された」

「えっ」

「愛人の証言で、加害者はアイスホッケーのマスクを被った上背（うわぜい）のある男だったそうだ。凶器はS&W（スミス&ウエッソン）457と判明した。アメリカ製の大口径コンパクト・ピストルだね」

「ええ。犯人（タマ）は消音器（サイレンサー）を嚙ませてたんでしょうか？」

「いや、サイレンサーは使っていない。田村の顔面と心臓部に一発ずつ撃ち込むと、落ち着いた様子でフロアから二つの薬莢を拾い上げたというんだ。手術用のゴム手袋を両手に嵌（は）めてたらしい。加害者は引き金を絞る前に『立花を怒らせるようなことをしたから、くたばることになるんだよ』とうそぶいてたそうだよ」

「立花というのは……」

「本庁（うち）の公安一課の立花正樹だろうね。悪徳警官だった田村は立花の弱みを嗅ぎ当て、強請ってたと思われるんだが、二人には接点がないはずなんだ」

「でしょうね。しかし、田村は監察室の逸見にマークされてることに気づいて、飲み友達だった高須という探偵を雇い、主任監察官を逆に尾行させてたんです」

「それで田村は、逸見警部が公安一課の立花刑事も並行する形でマークしてることを知ったわけか」

「ええ。田村は密かに立花の動きを探り、公安刑事が天海優子の弱みにつけ込んで口止め料をせしめてることを知ったにちがいありません」

「弱みというのは、裏ビジネスのことだね？」

半田刑事部長が確かめた。津上はうなずき、前日のことをつぶさに報告した。

「かつての女闘士は転向したと見せかけ、所属してたセクトの軍資金をダーティー・ビジネスで捻出してたんだな」

「それは間違いないでしょう」

「天海優子は愛犬を伴って、『蒼い旅団』のアジトに逃げ込んだんだろうか」

「それは危険すぎます。真っ先に疑われますでしょ？」

「そうだね。天海はいろんな非合法ビジネスで荒稼ぎしてるんだから、隠れ家はいくつかあるんだろう」

「ええ、多分ね。鉄パイプを振り回した人見か角材を持ってた桑原を取っ捕まえてれば、天海優子の潜伏先はわかったはずです」

「きみに別にミスがあったわけではないんだから、悩むことはない。飼ってた犬と一緒なら、奥沢の自宅には当分戻るつもりはないんだろう」

「そうなんでしょう。それから、脱法ハーブの袋詰めをさせてる溝口の借家にもね」

「ああ、そうだろうな。天海優子はなんだか哀れだね。五十を過ぎても、若いときに植えつけられた偏った思想と訣別できないんだから」

「客観的にはその通りですが、当の本人は使命感に燃えてるんでしょうから……」

「満足してる？」

「でしょうね。イデオロギーや特定の宗教に惹かれた人間は、そこから容易には脱け出せません」

「そうだな。立花が殺し屋を雇って、田村を始末させたと考えるべきだろうね」

「そう筋を読むのは、いかがなもんでしょうか」

「わたしの推測は間違ってるのかな？」

　半田が微苦笑した。

「そうは断定できませんが、加害者が田村の愛人に『立花を怒らせるようなことをしたから、くたばることになるんだよ』と聞こえよがしに言ったのは作為的な気がしませんか。殺人を請け負った犯罪者なら、余計なことは口にしないで犯行を踏むでしょ？」

「なるほど、そうだね。加害者が犯罪のプロなら、わざわざ依頼人の名を口にはしないだろうな」

「ええ、そう思います」

「津上君、天海優子が立花正樹を陥れたくて、実行犯に故意にそうそぶかせたとは考えられないだろうか。天海は立花だけではなく、田村にも非合法ビジネスのことを知られてしまったんではないのかね」

「そうなのかもしれません」

「現職警察官でありながら、田村も立花もごろつきと少しも変わらないじゃないか。実に嘆かわしいな」

「同感です」

「逸見警部は立花が雇った殺し屋か、天海優子とつながりのある奴に撲殺されたんじゃないだろうか」

「その可能性は全面的には否定できませんが、捜査本部事件の真相はもっと複雑なのかもしれませんよ」

「複雑か。そうなのかね」

「田村の司法解剖は、きょう、東大の法医学教室で行われるんですか?」

「いや、慶大の法医学教室で午後一番に司法解剖の予定なんだ。しかし、有力な手がかりは期待できそうもないな。犯人は落ち着いた様子で二個の薬莢を回収したという話だから、弾頭には加害者の指紋も掌紋も付着してなさそうだ」

「そうでしょうね。凶器も、これまで犯罪に使われてはいないんだろうな」

「そうだったことは、すでに判明してるんだ。犯人は土足で石岡宅に押し込んだんで、足跡は採取シートにくっきりと刻まれてたんだよ。しかし、全国で三万足以上も販売されたプレーンな黒革の紐靴だったんで、履物から加害者を割り出すことは不可能だろう」

「頭髪や唾液などDNA型がわかる遺留品は？」

「残念ながら、何も遺されてなかったそうだ。犯人は犯行後、マスクを被ったままエレベーターで一階に降りて、堂々と表玄関から外に出てる」

「鑑識は、マンションの防犯カメラの映像解析で何も収穫は得られなかったんですか？」

「犯人の画像を最大に拡大したそうだが、前科者リストの中の人物ではないだろうという結論に達したらしい」

「当然、現場付近から借り受けた防犯カメラの映像はすでに解析済みなんでしょう？」

津上は訊いた。

「もちろんだよ。しかし、加害者と同じ服装の人物はどの画像にも映ってなかったんだ。おそらく犯人は表に出ると、すぐに死角になる場所で着替えたんだろう。むろん、アイスホッケーのマスクも外したはずだ」

「そうだったとしたら、犯罪の手口や逃走方法の知識があるんでしょう」

「と思うね。初動捜査情報を所轄署と本庁の機捜初動班から担当理事官が集めてくれることになってる。あとで津上君に連絡するよ」

「わかりました。初動班は、公安一課の立花正樹にもう事情聴取したんでしょ？」

「ああ、昨夜のうちにね。立花は、被害者の田村とは一面識もないと繰り返し言い張ったそうだよ。それから、会ったこともない人間を誰かに殺させるわけないだろうと腹立たしげに語ったという話だったな」

「立花の供述は事実なんですかね？」

「初動捜査で彼の供述の裏付けを取ることを急がせてるんだが、嘘をついた疑いは拭えないな。田村は高須とかいう探偵に逸見警部の動きをこっそり調べさせ、その結果、立花も監察中だとわかった。立花の羽振りがいいのは、天海優子から口止め料をせしめてたと思われるわけだからね」

「刑事部長、監察室はどう言ってるんです？」

「室長の星野首席監察官は、去年の十二月に撲殺された逸見警部が新宿署の田村刑事の身辺を洗う数カ月前から公安一課の立花を監察中だったことは明言してるんだ。立花正樹が天海優子の交友関係や私生活を調べ回ってるという報告は、部下の逸見警部から受けてたそうだよ。それから、天海が非合法ビジネスで荒稼ぎして、まとまった金を『蒼い旅団』に回してる疑いが濃厚だとも伝えられてたらしいんだ」

「そうですか。立花がダーティー・ビジネスのことを恐喝材料にして、『陽の恵み』のオーナーから口止め料を脅し取ってることについては、どうなんでしょう？」

「星野首席監察官は、そこまでの報告は受けてなかったというんだよ。しかし、立花は金回りがよくなって、都心のワンルーム・マンションの五室の所有権を手に入れてるわけだから、元女闘士を強請ってたのはほぼ間違いないと思うね」

「ええ、そう考えてもいいんでしょう」

「話を戻すが、田村は立花から複数回、金を脅し取ってたんじゃないかね。口止め料を現金で受け取ってれば、公安刑事を強請ってた証拠は残らない。刑事だった田村が口止め料を自分の銀行口座に振り込ませるなんてことは、まず考えられないだろう」

「それはね。しかし、田村は愛人の石岡幸恵の口座を借りた可能性もあります。幸恵と立花に接点はないはずですんで。ただ、そうすることは得策じゃないな。田村と石岡幸恵は愛人関係にあったわけですから、下手をしたら、墓穴を掘ることになります」

「津上君、それはどうかね。立花には弱みがあるんだ。振込先が田村の口座ではなくても、いちいち詮索はしないだろう」

「そうか、そうでしょうね。石岡幸恵に田村に自分の銀行口座を貸したことがあるか確かめたほうがいいな」

津上は呟いた。

「そうしてくれるか」

「はい。幸恵は事件があった『若松レジデンシャルコート』の七〇七号室には、もういないでしょうね？」

「石岡幸恵は事情聴取を受けた後、北区中十条二丁目にある実家に戻ったそうだ。殺人事件の現場にあった自宅マンションにはもう住む気はないから、どこかに引っ越す気なんだろう」

「でしょうね」

「それまで実家で暮らすつもりなんだろうな。中十条二丁目の何番地だったか」

「二丁目ということがわかれば、幸恵の実家は造作なく見つかりますよ。半田部長、初動捜査で田村の奥さんからも話を聞いたはずですが、何か手がかりは？」

「田村の妻は家庭を顧みなかった旦那に愛想を尽かしてたらしく、何年もまともに口も利かなかったらしいんだよ」

「そうですか。田村は奥さんに月々、ちゃんと家族の生活費を渡してたんだろうか」

「妻子の生活費として、毎月四十万を渡してたそうだよ。しかし、家族に特に贅沢をさせてはいなかったらしい。夫の部屋には多額の現金はなかったそうだし、預金通帳もなかったという話だったね」

「田村は奥さんに内緒の口座を持ってて、預金通帳は愛人に預けてたのかな」

「いや、石岡幸恵は田村の預金通帳や金を預かってはなかったと言ったらしいんだ」

「そういうことなら、田村は銀行の貸金庫に大事な物を保管してたんでしょう」

「そうなのかもしれないが、現在のところ、銀行の貸金庫の鍵は見つかってないんだ」

「そうなんですか。ところで、公安一課の立花はもう登庁してるんですかね？」

「きょうは非番なんで、文京区千石四丁目の自宅マンションにいると思うよ。所番地は捜査資料に記入してあったな」

「ええ、そうでしたね」

「捜査本部の連中が立花の自宅マンション付近で張り込んでるはずだから、その連中に覚られないようにしてほしいんだ」

「心得てます。捜査本部の捜査班は、天海優子の動きも探ってるんでしょ？」

「二子玉川の『陽の恵み』と天海の自宅には張りついてるそうだが、昨夜、きみが静岡の廃校まで迫ったことは知らないはずだよ。『蒼い旅団』のアジトの動きを探ってるようだが、天海優子は網に引っかからないだろう。きみの極秘捜査に期待してるよ」

「ベストを尽くします。これから石岡幸恵の実家に行って、そのあと立花正樹をマークしてみます」

「わかった。よろしく頼むよ」

半田がソファから立ち上がって、玄関ホールに足を向けた。津上は刑事部長を見送ると、寝室に入った。

普段着をまとい終えたとき、ナイトテーブルの上に置いた携帯電話の着信ランプが瞬きはじめた。

津上はモバイルフォンを掴み上げ、ディスプレイに目を落とした。電話をかけてきたのは友人の滝だった。

「津上、新宿署の田村がきのうの夜、愛人宅で射殺されたな。もう知ってるだろ?」

「ああ」

「マスコミの報道によると、射殺犯は殺し屋っぽいが、そうなんだろうか」

「犯行に無駄がないようだから、犯人は素人じゃなさそうだな」

「まさか逸見警部を殺った犯人と同一人物による犯行じゃないと思うが……」

「別人の仕業だろうな。逸見は大型バールで撲殺され、田村は撃ち殺された。捜査の目を眩(くら)ませる目的で故意に犯行の手口を変えたと考えられないこともないが、おれは犯人は別々と見てる」

「そうだろうな。田村は暴力団関係者に袖の下を要求して、押収した麻薬を摘発先に買い戻させ、若い愛人を囲ってた。組関係者が経営してる高級クラブで只酒を飲み、ホステスや娼婦たちも提供させてた。たかり癖のついた悪徳刑事をいつまでものさばらせておくかね、闇の勢力がさ。連中は警察とは持ちつ持たれつの関係を保(たも)っていたいんだろうが、悪徳刑事の言いなりになりっ放しじゃ、面子(メンツ)が……」

「滝は、どこかの組がいい気になってる田村を苦々しく思いはじめたんで、ばらす気になったんじゃないかと読んだんだな？」

「そうなんだ。読み筋は見当外れじゃない気がするんだよ。やくざは、総じて負けず嫌いだからな。暴力団係刑事(マルボウ)の田村をうまく利用したくて、わがままを聞いてやってたにちがいないよ」

「そうだろうな」

「だからって、巡査部長クラスの刑事(デカ)にいつも優位に立たれたんじゃ、カチンとくるはずだよ。関東侠友会箱崎組や龍昇会は田村と蜜月関係にあったようだが、その実、悪徳刑事の横暴さに腹を立ててたんじゃないのか」

「しかし、現職警官を殺したら、警察全体を敵に回すことになる。そこまで捨て鉢になる組があるとは思えないな」

津上は自分の考えを述べた。

「何が起こるか予測できない時代なんだ。おれ、箱崎組と龍昇会の人間に少し張りついてみようと思ってるんだよ。かまわないよな？」

「滝がそうしたいんだったら、そうしろよ。だけど、箱崎組の中尾と戸張には面が割れてるんだから、組事務所に無防備には近づかないほうがいいな」

「わかってるよ。そっちに何か収穫はあったのか？」

滝が訊いた。津上は前日の経過を手短に話した。

「逸見殺しの件では田村はシロだろうが、立花正樹が第三者を雇った疑いは消えたわけじゃないな。公安刑事は、主任監察官にマークされてたわけだから。公安刑事が女闘士だった天海優子のダーティー・ビジネスの件で恐喝を重ねてたことを逸見に摘発されたら、一巻の終わりじゃないか。立花が誰かに逸見を撲殺させたのかもしれないぜ」

「それだけでは不安なんで、立花は昨夜、新宿署の悪徳刑事を殺し屋に片づけさせた？」

「そう筋を読めば、二件の殺人事件の説明はつく気がするんだがな。津上は、どう考えてるんだい？」

「根拠があるわけじゃないんだが、おれは二件の殺人の向こう側にもっと込み入った謎が隠されてるように思えてならないんだ」

「元刑事の勘ってやつか」

「ま、そんなとこだな」

「とにかく、こっちは田村巡査部長と癒着してた裏社会の連中のことを少し調べてみるよ」

　滝が電話を切った。

　津上はいったん終了キーを押し、情報屋の小寺輝雄に電話をした。スリーコールの途中で、通話状態になった。

「きのうの晩、新宿署の田村刑事が情婦の家で射殺されたね。びっくりしたよ」

「小寺の旦那の耳に、箱崎組か龍昇会が妙な動きをしてたなんて噂は入ってなかった?」

「いいや。やの字が悪徳刑事を始末させたんじゃないかと疑ってるわけ? それは、限りなくゼロに近いと思うね。最近のやくざは意地とか面子よりも、まず損得を考える。刑事を殺ったら、自分らの首を絞めることになっちまう。そんなばかな真似はしないでしょ?」

「そうだろうな。参考になったよ」

　津上は終了キーを押し込んだ。滝は無駄骨を折りそうだが、制止したら、友人の気持ちを傷つけることになる。

津上は携帯電話をナイトテーブルの上に置き、洗面所に急いだ。

4

二階の窓から塩が撒かれた。

大量の粗塩だった。石岡宅の前の路上に群れていた報道関係者たちが、慌てて散った。

新聞記者たちだけではなく、テレビ・クルーの姿も見える。

津上はフロントガラス越しに、石岡宅の二階の窓を見上げた。

元ショーダンサーの幸恵が自宅前の路地を見下ろしている。彼女の実家は、駅前商店街の先の裏通りに面していた。

さほど大きな家屋ではなかった。築後二十年は経っていそうだ。

正午前だった。

窓から顔を突き出した幸恵が何か喚きはじめた。その声はよく聞こえなかった。津上は車のパワー・ウインドーを下げた。

「あんたたちは下種だよ。他人の不幸を飯の種にしてんだからさ。みんな、警官嫌いなんだろうけど、死んだ田村さんはわたしにすごくよくしてくれたわ」

「田村さんと親密だった石岡さんに昨夜の事件のことを聞かせてほしいんですよ」

新聞記者と思われる三十七、八の男が大声で言った。

「あんたたちに話すことなんかないわよ。どうせ間違った報道をするんだろうから」

「プレスマンは、そんないい加減じゃありません。一部の週刊誌はセンセーショナルな記事を載せたりしてますけど、われわれ全国紙の記者やテレビ局の報道記者はきちんと取材してます」

「偉そうなこと言わないでよ。大新聞だって過去に何度も誤報してるじゃないの！」

「それは他紙です。毎朝日報は過去十年、誤報はしてません。それはそうと、射殺された田村さんはずいぶん羽振りがよかったみたいですね。何か悪いことをしてたんじゃありませんか？」

「田村さんは仕事熱心な刑事だったわ」

「でもですね、暴力団と不適切な関係だったという証言もあるんですよ。それから、薬物にも手を出してたって噂もあるんですよね」

「迷惑だから、みんな、帰ってちょうだい！」

幸恵がヒステリックに叫び、今度は窓から小石を断続的に投げはじめた。記者の何人かが肩や胸に小石をぶつけられ、幸恵を睨めつけた。

それでも、幸恵は小石を投げることをやめない。報道関係者たちが、いったん石岡宅から遠のく。

津上は素早くBMWを降り、二十メートルほど先の石岡宅に走った。

木の門は閉まっていた。津上はブロック塀を乗り越え、内庭に入った。玄関のガラス戸もロックされていた。

津上は黙って玄関戸を拳で叩きはじめた。

報道関係者が塀を乗り越えて、勝手に他人の家に入り込むような真似はしないだろう。

幸恵は身内が玄関のガラス戸を叩いていると思うにちがいない。

少し待つと、ガラス戸の向こうで幸恵が声を発した。

「母さんなの？　父さんと一緒に大宮の伯父さんの家に行かなかったんでしょ、わたしのことが心配で」

「…………」

「なんで黙ってるの？　すぐ家の前にマスコミの連中がいるんでしょ？　わかった、すぐに内錠を外すわ」

幸恵が三和土に降りる気配が伝わってきた。津上は、にっと笑った。

ガラス戸が開けられた。

「お邪魔するよ」

津上は抜け日なく玄関に入り込んだ。幸恵が後ずさった。

「おたくは麻薬Gメンの……」

「淫(みだ)らな画像をネットにアップされたくなかったら、騒がないほうがいいな」

「塀を乗り越えたのね。そうなんでしょ？」

「そうしなけりゃ、そっちと話ができないと思ったんだよ。住居侵入で一一〇番通報してもかまわない。しかし、そんなことはできないよな？　そっちは覚醒剤依存者なんだからさ」

「おたく、麻薬取締官(マトリ)なんかじゃないんでしょ。持ってった極上物(マブネタ)をどこかの組に売ったんじゃない？」

「あの覚醒剤(シャブ)は、そっちの自宅のトイレにそっくり流したよ」

「えっ、そうだったの!?　全然、気づかなかったわ」

「そっちは田村にクンニされ、自分の世界に入ってたからな。田村にも、トイレの流水音は聞こえなかったんだろう」

「もったいないな。まだ九十グラム以上あったんだから、二年ぐらいは体の中に入れられたのに」

「両親は大宮の親類の家に避難したようだな、報道関係者が押しかけてきたんで」

「そうなのよ。二人が困惑してたんで、母の兄さんの家に行かせたの」

「家には、そっちのほかには誰もいないんだな？」

「そう。姉貴は結婚して、千葉の津田沼で暮らしてるから。おたくがわたしの実家まで訪ねてきた理由はわかったわ。わたしを抱きたくなったんでしょ？　いいわよ。田村さんにはちょっと悪いけど、もう死んじゃったんだから。好きなだけ、わたしを抱けばいいわ。だけど、覚醒剤のことは内緒にしといてね」

「勘違いするなよ」

津上は苦く笑った。

「そうじゃないの？」

「ああ。別段、女には不自由してない」

「そうだろうな。おたく、モテそうな感じだもんね。ルックスがいいし、強そうで頼りになりそうだし」

「きのうの夜の事件のことを教えてほしいんだ」

「やっぱり、本当は麻薬Gメンじゃないのね？　当たりでしょ？」

「好きに考えてくれ」

「麻薬取締官(マトリ)じゃなさそうなんで、わたし、ひと安心したわ。検挙(アゲ)られたら、禁断症状に苦しめられるだろうから」

「田村が死んだんだから、この際(さい)、覚醒剤(シャブ)を断(た)つんだな。いまのままだと、廃人(はいじん)になるぞ」

「もう無理よ。禁断の味を覚えちゃったんだから、体が欲しがるの。健康にはよくないんだろうけど、セックスが最高なのよ。エンドレスでエクスタシーを感じると、そのまま死んでもいいいと本気で思っちゃうの」

「覚醒剤(シャブ)のためなら、体を売ってもいいと思ってるんだろうな」

「そうね。年喰(く)って客がつかなくなったら、自分の腎臓を片方売っちゃうかもしれない」

「そんなに長生きできないさ」

「ええ、そうだろうね。でも、一生分の快楽を味わえるんだったら、十年後に死んでもいいわ」

「もっと自分を大事にしろよ」

「あら、学校の先生みたいなことを言うのね。おたくには、似合わない台詞(せりふ)だな。おたくが何者か知らないけど、どこか無頼っぽいもの。常識人っぽいこと言わないで。男は、少し悪っぽいほうが魅力あるわ」

「田村は悪党すぎたよ」

「そうなのかもしれないね。彼、殺されちゃったわけだから」

幸恵がしんみりと言った。

「おれがキャッチした情報によると、きみの部屋に押し入った犯人はアイスホッケーのマスクを被ってたんだな？」

「そう。わたしたち二人は夕食後、居間のテレビでバラエティー番組を観(み)てたの。そうしたらさ、誰かがピッキング道具を使って玄関のドアを開けたわけ。びっくりしてると、犯人が土足で上がり込んできたのよ。それで、ソファから立ち上がった田村さんに拳銃の銃口を向けたの。わたしは竦(すく)み上がって、声も出せなかったわ」

「田村はどんな反応を示した？」

「彼は暴力団係刑事(マルボウ)だったんで、あまりビビってはいなかったわ。それで、相手にどこの組員なんだと訊いてた。だけど、犯人は質問には答えなかったの」

「そうか。加害者は田村を射殺する前に、何か言ったらしいじゃないか」

「ええ、言ったわ。犯人は『立花を怒らせるようなことをしたから、くたばることになるんだよ』と言った直後、たてつづけに二発撃ったの。田村さんは短く呻いて倒れたきりで、何も言葉は発しなかった」

「犯人は、そっちには一度も銃口は向けなかったんだな？」

「ええ。床から二個の薬莢を拾い上げると、悠然と部屋を出ていったわ。ただのやくざという感じじゃなかったわね。なんか人殺しに馴れてるみたいだったわ。あの男、何人か殺ったことがあるんじゃないかな」

「立花に心当たりは？」

「わたし自身は会ったこともないんだけど、その立花という男は警視庁公安一課の刑事みたいよ。田村さんから、その公安刑事のことを聞いたことがあるの」

「田村は、立花のことをどんなふうに言ってた？」

津上は訊ねた。

「自分よりも悪徳刑事だと言ってたわ」

「田村よりも悪どい刑事がいるのかね？　そっちの彼氏は暴力団や外国人マフィアから数百万単位のお目こぼし料を貰って、新宿署が押収した薬物をくすね、摘発先に買い戻させてた」

「そうだったんだけど、それは持ちつ持たれつでしょ？　でもね、立花という公安刑事は『蒼い旅団』とかいう過激派のナンバーツウだった元活動家の五十過ぎの女が非合法ビジネスで荒稼ぎしてる事実を材料（ネタ）にして、恐喝（カツアゲ）を重ねてたんだって。悪質だと思わない？」

「田村と同じことをしてたわけだ」

「違うわよ。彼の場合は、相手にもいい思いをさせてたんだから、かわいげがあるわ」

「田村から極上の覚醒剤（シャブ）を回してもらってたんで、肩を持ちたいんだな」

「そんなんじゃないわ。どう考えても、立花という男のやり方は汚いわよ。脅した相手は五十過ぎの女だというんだから。田村さんは立花を懲（こ）らしめたみたいよ」

「立花の上前をはねたんじゃないのか？」

「具体的な額までは教えてくれなかったけど、彼、立花から口止め料をせしめてやったと言ってたわ」

幸恵が明かした。

「田村は、立花から直（じか）に口止め料を貰ったのか？　それとも、そっちの銀行口座に振り込ませたのかな？」

「どっかで会って、キャッシュで受け取ったんだと思うわ。わたし、田村さんに口座を貸してくれって頼まれたことはないもの」

「そうか。なら、口止め料は現金で受け取ったんだろうな」

「だと思うわ。田村さんは立花のやり方が汚いとだいぶ怒ってたから、一千万ぐらいはぶったくったんじゃないかしら？　ひょっとしたら、もっと多かったのかもしれない」

「もっと多そうだな」

「田村さんを撃ち殺した男は『立花を怒らせるようなことをしたから、くたばることになるんだよ』なんて言ってた。きっと犯人は、立花という公安刑事に雇われたのよ」

「そのことなんだが、そう喋ったことがわざとらしいとは思わなかったか？」

「わざとらしい？」

「そう。そっちに聞かせるように射殺犯が意図的に口にしたんじゃないだろうか。そうは感じなかった？」

「特に感じなかったわね、わたしは。でも、そうだとしたら、誰かが立花に罪をなすりつけようとした疑いがあるんじゃない？」

「そう考えるべきだろうな。田村は、立花のほかにも誰かを強請ってたんじゃないか。そっちの死んだ彼氏は立花を非難してたくせに、実は天海優子という元活動家から口止め料をせしめてたのかもしれないぞ」

津上は言った。

「彼は、田村さんはそこまで性根が腐ってないわ。熱血警官とは言えなかったけど、割に侠気があったの。元闘士だった中年女性を脅迫して無心するなんて考えられないわ。

彼、女には決して迷惑かけないタイプだったの」

「それが事実なら、田村は天海優子にたかったことはなかったんだろう」

「ええ、そういうことはしてなかったと思うわ。ただ、彼は立花以外にも悪事を働いてる人間を知ってるような口ぶりだったな。その気になれば、金蔓（かねづる）にできる奴はいるから、わたしの面倒はずっと見てやれると洩らしてたの」

「どうやら田村は、強請れる相手が幾人（いくにん）かいたようだな。少なくとも、立花のほかにも田村に弱みを知られた奴がいたんだろう」

「そうみたいよ」

会話が中断した。田村が複数の人間の弱みを押さえていたとしたら、立花とは別の者が射殺犯を雇った可能性もある。殺しの真の依頼人は自分が疑われることを避けたくて、わざわざ実行犯に立花の名を口にさせたのかもしれない。

そう推測するのは、考えすぎか。射殺犯は、つい口を滑らせてしまっただけなのか。そうだとしたら、殺人依頼者は立花正樹ということになる。

「おたくが何者かわからないけど、やっぱり、このままじゃ落ち着かないな。わたしが薬物に溺れてることを知られちゃってるわけだから。家にはわたしのほかに誰もいないから、ちょっと上がらない？」

幸恵が流し目をくれ、舌の先で上唇を舐めた。濡れ濡れとした赤い唇が妖（あや）しい。

「抱いてくれってことか？」

「そう。二人が男と女の関係になれば、わたしが中毒者（ジャンキー）だってことを他言される心配はなくなるでしょ？　うーんとサービスするわよ。前だけじゃなく、後ろの部分に突っ込んでもかまわないわ。ね、わたしを抱いてよ」

「せっかくだが、ノーサンキューだ」

津上は言い捨て、玄関を出た。門の内錠を外して、自分の車に走り寄る。

運転席のドアを閉めると、名取友香梨から電話がかかってきた。

「達也さん、昨晩、射殺された新宿署の田村って巡査部長は逸見さんの事件の初動捜査で対象者（マルタイ）になったのよね。アリバイがあったんで、容疑は消えたわけだけど」

「そうだよ」

「やくざや外国人マフィアにたかってたんで、裏社会の人間に射殺されたんじゃない？」

「おれは、そうは見てないんだ」

「でも、かなりの悪徳警官だったんでしょ？」

「そうなんだが、アウトローたちは殺人（コロシ）が割に合わないことを知ってる。それに、田村と無法者たちは持ちつ持たれつの関係だったんだよ」

なるんじゃない？」

「そうなんだろうけど、双方の利害が一致しなくなれば、なあなあの関係も崩れることに
「射殺犯は引き金を絞る前に、本庁公安一課の立花という刑事が依頼人だと仄めかしたらしいんだ」

「それなら、その公安刑事と田村巡査部長の間に何かトラブルがあったんでしょうね」

「そうなのかな」

津上は短く迷ってから、田村が立花の悪事を嗅ぎつけたことをざっと話した。むろん、極秘捜査を請け負ったことまでは明かさなかった。

「公安刑事が田村刑事を犯罪のプロに片づけさせた疑いはあるけど、実行犯が『立花を怒らせるようなことをしたから、くたばることになるんだよ』と言うなんて、なんだか作為を感じるわね」

「そうなんだよ。殺しの依頼人は別の者で、そいつが立花に濡衣を着せようと小細工を弄したんじゃないのかな。田村の愛人だった元ショーダンサーの話によると、射殺された悪徳刑事は複数の人間の弱みを握ってたらしいんだ」

「だけど、逸見さんは田村と立花の二人を監察中だったのよね。田村刑事がシロなら、公安一課の立花が殺し屋を雇ったんじゃないかな。達也さん、田村は立花が誰かに逸見警部

を始末させた証拠を押さえて、強請ろうとしたんじゃない？」

「友香梨は聡明だが、殺人捜査のエキスパートじゃない。だから、筋の読み方がどうしても浅くなってしまうんだろうな」

「達也さん、わたしに喧嘩売ってるの？」

「そういうわけじゃないよ」

「でも、誉めてるんじゃないでしょ？」

「それはね」

「やめましょう。ばか女呼ばわりされても、わたしはどうせ折れることになるんだから。恋愛って、先に惚れたほうが負けよね。癪だけど、達也さんとは勝負にならないわ。だって、いまも達也さんにぞっこんなんだから」

「おれも友香梨に首ったけだよ」

「なら、今夜も泊まりに行ってもいい？　公舎で膝小僧を抱えて独り寝をしてると、なんだか人生で大きな損をしてるような気持ちになるの」

「できれば、おれも侘び寝はしたくないよ。しかし、逸見の弔い捜査が順調に進んでないからな」

「泊まりに行かないほうがいいのね？」

「僻むなって。おれは友香梨をベッドで何時間も待たせるのは気の毒だと思ったんで、泊まりに来いとは言えなかったんだ」

「そうだったの。わたし、何時間待たされても平気よ。それどころか、今夜はどんなふうに睦み合うことになるのかなんてエッチな想像すると楽しくなっちゃうの」

「それなら、ベッドを温めておいてくれよ」

「合点でさあ」

友香梨がおどけて言い、電話を切った。

津上はにやつきながら、終了キーを押した。それを待っていたように、すぐに着信音が響いた。発信者は滝だった。

「組関係者にそれとなく探りを入れたら、龍昇会の幹部たちは田村刑事が一年ぐらい前から増長するようになったんで、かなり苦々しく思ってたみたいだぜ」

「そうか」

「田村は、龍昇会が放った殺し屋に撃ち殺されたんじゃないのかな。実行犯は依頼人に言い含められて、発砲前に『立花を怒らせるようなことをしたから、くたばることになるんだよ』とうそぶいたとも考えられるよ。もちろん、捜査当局の目を逸らすためにさ。津上、どう思う?」

「龍昇会の幹部たちが田村の増長ぶりに腹を立ててたことが事実なら、実行犯の背後にはやくざがいるのかもしれないな」

「何が起こっても不思議じゃない世の中になってるから、それが事件の真相なんじゃないか。逸見警部は龍昇会の田村抹殺計画を察知したんで、先に消されることになったんじゃないのかな」

「それじゃ、順序があべこべだろうが。仮に田村殺しに龍昇会が関与してたとしても、逸見の事件には絡んでないと思うよ」

津上は言って、石岡幸恵から聞き込んだ情報を友人に伝えはじめた。

第四章　不自然な遺留品

1

レンズの倍率を最大にする。

覆面パトカーは二台だった。どちらも、立花が住む『千石エミネンス』から少し離れた路上に駐車中だ。

津上は高性能な双眼鏡を目から離した。

午後一時三十分を回っていた。石岡幸恵の実家を辞去して近くの洋食屋でハヤシライスを掻っ込み、公安刑事の自宅マンションに回ってきたのだ。

案の定、捜査本部の刑事たちが張り込んでいた。四人とも顔見知りだ。

不用意に『千石エミネンス』には近づけない。立花は自室の五〇一号室にいるはずだ。

おそらく張り込まれていることに気づいているだろう。

　立花は外出を控えるかもしれない。だからといって、自分が五〇一号室のドアを開けさせることはできなかった。もどかしい気持ちだった。

　津上は双眼鏡を助手席の上に置き、缶コーヒーを飲んだ。アルミ缶をコンソール・ボックスに戻した直後、半田恒平から電話がかかってきた。

「田村の司法解剖で、何か新たな手がかりを得られたんですね？」

　津上は早口で確かめた。

「いや、それは期待外れだった。だがね、動きがあったんだよ。田村を撃ち殺したという暴力団組員が新宿署に出頭してきたらしいんだ。少し前に担当理事官から報告があったんだ」

「そのやくざは？」

「龍昇会の笠原泰志だよ。その男は、新宿中央公園で田村にロシア製の拳銃と百グラムの極上の覚醒剤を提供した奴だったね？」

「そうです。押収したバイカルMP448スキッフと実包は、わたしが預かってます。覚醒剤は石岡幸恵のマンションのトイレに流しました」

「そういうことだったな。笠原は田村巡査部長の態度がでかくなったんで、殺る気になったと供述してるそうだ。多分、上の者の指示で田村を射殺したんだろう」

「笠原は凶器を持って出頭したんですか？」

「いや、使用拳銃は実包を込めたまま、東京港連絡橋（レインボーブリッジ）から海に投げ落としたと言ったらしい。すぐに凶器班が回収に向かったそうだが、発見するまでは時間がかかるだろうな」

「笠原は、アイスホッケーのマスクについてはどう供述してるんでしょう？」

「それは犯行現場から逃げる途中、着替えた衣服と一緒に新宿七丁目付近の空地に投げ捨てたと供述したそうだよ」

「やくざの笠原が犯行（ヤマ）を踏んだとは思えませんね。田村を射殺した犯人（タマ）は終始、沈着さを失っていなかったと幸恵が証言してますし、逃亡の仕方も鮮やかです」

「笠原は身替り犯なんだろうか。うん、そうなのかもしれないね」

半田が唸（うな）るように言った。

「どうも身替り犯臭いですね」

「真犯人（ホンボシ）は殺し屋（プロ）で、笠原はそいつを庇（かば）って出頭したんだろうか」

「龍昇会が犯罪のプロに悪徳刑事を始末させたのかどうかわかりませんが、笠原は犯人（ホシ）じゃないでしょう」

「組織が田村の事件（ヤマ）に関わってないとしたら、笠原が何らかの理由で身替り出頭したんだろうな。取り調べを重ねれば、笠原が被疑者(マルヒ)でないことは明らかになる。だから、捜査を混乱させることに笠原は協力したのかもしれないね」

「ええ、そうなんでしょう。笠原は身替り犯になることで、多額の謝礼を貰えることになってたんじゃないのかな。捜査の妨害をしたことで咎(とが)められても、刑務所にぶち込まれたりしないでしょう」

「笠原はそこまで読んでて、身替り犯になる気になったんだろうか。そうすれば、臨時収入を得られるからな」

「景気がいっこうによくならないんで、組員たちもシノギがきつくなってます。ちょっと荒っぽいことをやったら、すぐ手錠(ワッパ)打たれますでしょ?」

「そうだね。笠原はちょっと悪知恵を働かせて、楽な方法で臨時収入を得る気になったのかもしれないね」

「そうなんでしょう」

「津上君、笠原を身替り犯に仕立てたのは公安一課の立花なんじゃないのかね。殺された田村は、立花が元闘士の天海優子の非合法ビジネスの件を恐喝材料にしていたことを知ってた。おそらく、立花の上前を相当はねてたんだろう。立花が田村を抹殺したいと願ってても別段、おかしくはない」

「動機はありますね」

「しかも立花は、逸見主任監察官にマークされてた。逸見を誰かに片づけさせたのは、立花とも考えられる」

「そうなんですが、公安刑事がそこまで考えますかね？」

「考えるんじゃないか。立花は悪事を暴かれたら、それこそ身の破滅なんだ」

「そうですね。保身のためなら、そこまで考えてしまうかな」

「わたしは、そう思うね。それから、天海優子にも殺人動機はあるな。『蒼い旅団』のナンバーツウだった彼女は、ダーティー・ビジネスの儲けの何割かを所属してたセクトにカンパしてることを立花に知られてしまった。その立花は、逸見警部に監察されてた。新宿署の田村刑事は立花の上前をはねるだけではなく、天海優子にも口止め料を要求してたとも考えられるじゃないか」

「そうだったとしたら、天海優子が誰かに田村をシュートさせた疑いも出てきますね」

「津上君、それだけじゃないよ。去年の十二月に大型バールで撲殺された逸見警部は立花をマークしてて、天海優子の裏ビジネスを知ったはずだ。彼は警察官の不正に目を光らせてたわけだが、過激派の元活動家の犯罪に目をつぶる気なんかなかっただろう」

「ええ、それはね」

「天海が捕まることを恐れて、『蒼い旅団』のメンバーか非合法ビジネスに携わってる者に先に逸見警部を始末させ、殺し屋に田村を殺らせた疑いもある」

「そうなんでしょうか」

「きみは、逸見殺しに天海優子はタッチしてないと思ってるようだね？」

「そんな気がしてます。元女闘士が田村の事件に関わってるかどうかは、まだ判断がつきませんが」

津上は答えた。

「立花のほうが怪しいのかね？」

「天海優子よりは疑わしい気がしますが、立花が二件の殺人事件に関与してるのかどうか……」

「まだ読めないわけか」

「ええ、そうですね。ですが、しばらく張り込んで、立花の動きを探ってみます」

「そうしてくれないか」

刑事部長が通話を切り上げた。

津上は終了キーを押してから、滝の携帯電話を鳴らした。そして、龍昇会の笠原が新宿署に出頭したことを教えた。

「やっぱり、龍昇会はだんだん態度が大きくなった田村に頭にきてたんだな。それで、組長が準幹部の笠原に田村を射殺させたのか。噂は本当だったわけだ」

「滝、笠原は身替り犯だと思われるんだよ」

「えっ、そうなのか!?」

友人が声を裏返らせた。津上は、笠原が真犯人ではないと思える理由を喋(しゃべ)った。

「凶器を持って出頭しなかったことに確かに引っかかるな。アイスホッケーのマスクと脱いだ衣類を逃げる途中で処分したという供述も、すっきりしないね」

「凶器と逃走途中に棄(す)てたというマスク、それから衣服が発見されなければ、笠原泰志は身替り犯だろうな」

「そうなると、田村殺しの犯人(ホシ)は誰なんだろうか」

「田村に上前をはねられてたと思われる本庁公安一課の立花が気になるね。しかし、本人が直(じか)に手を汚したとは考えにくい。きのうの晩、立花にはれっきとしたアリバイがあると思うよ。それでも、本庁殺人犯係の四人が立花の自宅近くで張り込み中なんだ」

「所轄の刑事が張り込んでるわけじゃないってことは、立花にまだ逸見事件の殺人教唆(きょうさ)の嫌疑がかかってるんだな?」

「ああ、そういうことだよ」

「立花は自分の悪事が暴かれることを恐れて第三者に逸見徹を亡き者にさせ、脅迫者の田村も消させたのかね？」

「その疑いはゼロじゃないんで、おれも立花の自宅マンション近くにいるわけだ。滝、立花のほかに少し気になる人物がいるんだよ」

「それは誰なんだい？」

「『蒼い旅団』のナンバーツウだった天海優子なんだ。逸見は立花を監察中に元女闘士の非合法ビジネスのことを知った可能性がある」

「嗅ぎ当てただろうな、立花は天海優子を強請ってたんだからさ」

「ダーティー・ビジネスの件で検挙されたら、天海優子は所属してたセクトの闘争資金を提供できなくなる」

「それは困るよな。だから、天海優子は逸見を誰かに片づけさせて、脅迫者の田村も殺らせたと疑えなくもないわけさ」

「そうだな」

「天海は静岡の廃校から愛犬を連れて消えて以来、奥沢の自宅には一度も帰ってないと思う。おそらく二子玉川の『陽の恵み』にも寄りついてないだろうな」

「当然、警戒してるさ」

「だから、滝に天海優子の交友関係をとことん調べてほしいんだ。ひょっとしたら、元活動家の潜伏先に心当たりのある者がいるかもしれないからな」

「オーケー、わかったよ。天海優子の旧友、元同志、『陽の恵み』の関係者に当たってみよう」

「よろしくな」

「何かわかったら、すぐ津上に連絡するよ」

滝が先に電話を切った。津上は携帯電話を懐に戻し、煙草をくわえた。

一服し終えると、ちょくちょく双眼鏡を目に当てた。しかし、正規の捜査員たちは覆面パトカーに乗り込んだままだった。立花は自分の部屋に引き籠っているのだろう。

時間がいたずらに流れ、午後五時前には夕色が漂いはじめた。それから間もなく、あたりが暗くなった。星も瞬きはじめた。

六時数分前、無灯火のワンボックス・カーがＢＭＷの真横を通過していった。不審車輛だ。

津上は気になって、すぐさま双眼鏡を手に取った。

すでに街灯と民家の照明は点いていた。通りは薄暗いが、まったく視界が利かないわけではなかった。目を凝らす。

怪しいワンボックス・カーが、二台の覆面パトカーのほぼ中間地点で急停止した。スライディング・ドアが開き、二人の男が路上に降り立った。体つきは若い。

ともに白っぽいヘルメットを被り、タオルで顔半分を隠している。どちらも何かを持っていた。小さな炎が見える。

男たちが手にしている物は、なんと火焔瓶（かえんびん）だった。それは、相前後して二台の覆面パトカーに投げつけられた。

ヘルメットを被った男たちが急いでワンボックス・カーに乗り込んだ。

ワンボックス・カーが急発進する。

覆面パトカーから捜査員たちが降り、燃えはじめたタイヤの炎を足で消そうとする。だが、炎はなかなか小さくならない。

覆面パトカーのトランクリッドが開けられた。刑事たちが消火器を取り出し、ノズルから消火液を噴射させた。

ほどなく二台の捜査車輛を包み込みかけていた火は鎮（しず）まった。ワンボックス・カーは、とうに走り去っていた。

騒ぎを引き起こさせたのは、立花ではないのか。

津上は、そう思った。公安刑事は過激派の活動家をS（エス）にして、絶えず情報を集めている。そうした協力者は弱みがあるから、公安刑事には逆(さか)らえない。立花は手懐(てなず)けている活動家たちに騒ぎを起こさせ、その隙に自宅マンションから抜け出そうとしているのではないか。

マンションのアプローチから姿を見せるわけがない。津上はギアをD(ドライブ)レンジに入れ、BMWを『千石エミネンス』の裏側に回した。

マンションの真裏は道路に面しているわけではなかった。広い敷地を持つ邸宅が背中合わせにあった。

そんなことで、裏通りには覆面パトカーは見当たらない。立花はマンションの真裏の民家の敷地をこっそりと抜け、裏通りに出る気なのではないか。

津上は車を暗がりに停め、手早くヘッドライトを消した。エンジンも切る。

四十秒ほど経(た)つと、邸宅の石塀を跨(また)ぎ越える人影があった。立花だった。津上は、にやりとした。自分の勘は正しかったわけだ。

立花は厚手の灰色のタートルネック・セーターの上に、濃紺のダッフルコートを着込んでいた。下はベージュのチノクロス・パンツだった。黒革の手袋をしている。

着地した立花はダッフルコートの埃(ほこり)を叩くと、急ぎ足で歩きだした。裏通りを進み、右に折れた。

津上はＢＭＷを走らせはじめた。じきに捜査対象者に追いついた。

立花は自宅マンションとは反対側の表通りに出ると、空車ランプを灯したタクシーを拾った。トラベルバッグの類は提げていない。気晴らしに行きつけの酒場に行く気になったのか。

津上はタクシーを尾けはじめた。

タクシーは数十分走り、池袋の東口方面にあるサンシャイン60の前で停まった。車を降りた立花は高層ビルに入った。

津上は車を車道に駐め、立花を追った。立花はエレベーター・ホールにたたずんでいた。津上は立花が函に吸い込まれてから、エレベーター乗り場に近づいた。

階数表示盤を見上げる。立花が乗ったケージは最上階で停止した。確か最上階は、三百六十度見渡せる展望台になっている。

津上も最上階の展望台に上がった。

エレベーターを出ると、宝石をちりばめたような夜景が視界に入ってきた。幻想的な眺めだった。

津上は回廊をたどりはじめた。カップルが目立つ。立花は展望台で交際している女性と落ち合うことになっているのか。

回廊を半周すると、立花の後ろ姿が目に留まった。予想に反して、公安刑事は四十代後半と思われる男と肩を並べていた。北側で、割に人影は少ない。

相手は、過激派のメンバーの協力者なのだろうか。だとしたら、幹部だろう。

津上は足音を忍ばせて、二人の斜め後ろに迫った。美しい夜景を眺める振りをしながら、耳をそばだてる。

「その情報は間違いないんですね？」

立花が前方に目を向けたまま、かたわらの男に確かめた。

「間違いないよ。銃器の転売ビジネスに見切りをつけたんだろうね、例の彼女は」

「パキスタンからバラバラに国際宅配便で送られてくる部品をこっちで一挺ずつ組み立てるのは手間がかかるし、いろいろ面倒ですよね？」

「ええ。だから、彼女はハジムから猛毒のトリコセシン・マイコトキシンを大量に買い付ける気になったんだろう」

「トリコセシン・マイコトキシンは麦に生ずる菌毒で、一九八〇年代に旧ソ連が盛んに使った生物化学兵器でしょ？」

「そう。旧ソ連は、ラオスやアフガニスタンでよく使ったんだ。その菌毒を含んだ水を飲んだ人間はすぐに四十度近い高熱を発し、激しく咳込み、六、七時間後にはほぼ確実に死ぬ」

「銃器で政財界人、御用学者、軍事産業、防衛省高官を狙うよりもスマートに目的を遂げられるわけだから、多くのセクトやカルト集団が欲しがるでしょう。給水管にトリコセシン・マイコトキシンを混入させるだけで、連中が敵視してる人間を葬れるんです。天海女史も、なかなか商才があるな。おっと、いけない。つい固有名詞を出しちゃいました」

「気をつけてよ。わたしらは誇れることをしてるわけじゃないんだから、常に警戒心を緩めちゃいけないんだ」

「ええ、わかってます。あなたとわたしは運命共同体なんです」

「その割には、こっちの取り分は少ないんじゃないかな」

「今回の情報料に色をつけますよ。一両日中に例の口座に約束した謝礼を振り込みます」

「よろしくね。それにしても、きみは大胆だよな。こっちは気が小さいから、危ない橋を渡る度胸がない。せいぜい小遣いを稼げる裏情報を集めて、きみに提供することしかできない。毎年、会社の年間予算が減らされてるんで、将来のことを考えると、たまらなく不安になるんだ」

「二大超大国がイデオロギーで対立してた時代はあなたの会社も年間予算をたっぷりと確保できたんでしょうが、すっかり世の中が変わってしまいましたからね」

「そうなんだよな。大物政治家や官僚の中には、わたしの職場を本気で解体したがってるのがいるんだよ。さすがにきみの会社の公安まで必要ないという政財界人はいないけどさ」

話が途切れた。

二人の男は、しばし夜景に見入っていた。津上はそっと動いて、四十七、八の男の横顔を携帯電話に装備されているカメラで盗み撮りした。

立花たちから数十メートル離れ、半田刑事部長に写真メールを送信した。そして、すぐコールする。電話がつながった。

「写真の男の身許を割り出してほしいんです」

「わかった。すぐに調べて、コールバックするよ」

遣り取りは、それだけだった。半田から電話があったのは、およそ五分後だった。立花たちは、まだ並んで立っていた。

「写真の男は奈良林充義という名で、四十七歳だ。公安調査庁調査第一部で、日本共産党や新左翼なんかを担当してる」

「公安調査庁の人間でしたか」

津上は、さほど驚かなかった。公安警察と公安調査庁は協力関係にある。立花と奈良林が裏でつるんで汚れた金を稼いでいても、予想外ではなかった。

　公安調査庁は一九五二年に設けられた法務省の外局だ。実質は検察庁の下部機関である。

　全国に八つの公安調査局、十四の地方公安調査事務所を有している。職員数は二千数百人だ。職員たちは調査対象団体に潜り込み、スパイづくりに励んでいる。

　しかし、時代が変わって、存続の意義がなくなったと公言する政治家や官僚が多くなった。内部の動揺が職員の不祥事につながったケースは一例や二例ではない。

「立花は、公安調査庁の奈良林とどんな密談をしてたんだね？」

　刑事部長が問いかけてきた。津上は盗み聴きした内容をそのまま伝えた。

「話に出てくる女性は、天海優子にちがいないな。立花は元活動家の裏ビジネスのことを奈良林に教えてもらって、恐喝を重ねてたんだろう」

「そうなんでしょう」

「奈良林を追い込んで、立花がやってる悪事を吐かせてくれないか」

「了解です」

　津上は電話を切り、ふたたび立花たち二人の背後に忍び寄った。

2

少し歩き疲れた。

津上は通路の端で立ち止まった。サンシャインシティに広がる巨大な専門店街『アルパ』のレストラン街だ。

立花と奈良林は一時間半ほど前に展望台からイタリアン・レストランに入り、キャンティ・ワインを傾けながら、パスタ料理を食べている。

店内は割に広かった。だが、明るい。遮(さえぎ)る物が少なかった。自分も店に入るわけにはいかない。

そんなことで、津上はイタリアン・レストランの前を行きつ戻りつしていたのだ。あと数分で、午後九時になる。

無性(むしょう)に煙草を喫(す)いたくなった。

しかし、通路は喫煙できない。津上はセブンスターの匂いを嗅いで、パッケージを懐に戻した。

ちょうどそのとき、携帯電話が鳴った。すぐにモバイルフォンを摑み出す。発信者は刑事部長の半田だった。

「担当理事官が部下の管理官に奈良林充義に関する情報を集めさせたらしいんだ。奈良林はロリコン趣味があるようだな」

「少女買春で検挙されたことがあるんですか？」

「さすがに、それはないよ。ただ、二年前に渋谷のファッションビルのエスカレーターで女子高校生のスカートの中を携帯のカメラで動画撮影してて、所轄署員に見つかってるんだ」

「書類送検されてたんですね？」

　津上は訊いた。

「いや、説諭処分で帰宅を許されてる。奈良林は身分を明かして、刑事課長に土下坐したみたいだな。結局、署長の判断で大目に見ることになったそうなんだ」

「公安調査庁は警察と協力関係にあるんで、穏便に済ませてやったんでしょう。そんなことではいけないんですがね」

「そう思うよ、わたしも。公調の元職員たちの証言によると、奈良林は悪い奴だね。過激派を脱けたメンバーが求職活動をしてるとわかると、その相手に検挙歴をバラされたくないんだったらと……」

「金を強請ってたんですね？」

「確証があるわけではないんだが、そんな噂が職場で流されてたというんだ。それから、あるセクトのシンパだった東京地裁の判事の娘をホテルに連れ込んだという噂もあったらしいよ」

「そのことが事実なら、奈良林は卑劣漢だな」

「ああ、そうだね」

「立花の上司である公安一課長は、これまでの聞き込みで部下は優秀で真面目だと言ってるようですが、そう語らされたんではないんでしょうか？」

「立花は、上司の弱みを何か知ってるんではないかということだな？」

「ええ。立花は天海優子を強請ってるんですから、上司の弱みぐらいは握ってるんじゃないんですか」

「そうなら、課長は立花に不利なことは言えなくなるな」

「そうですね。上司がどんなに立花を庇っても、奴が悪事を働いてることはわかってるんです。殺人教唆容疑は立件できなくても、立花を懲戒免職に追い込んでやります」

「もう立花と奈良林は別れたのかな？」

半田が問いかけてきた。

「いいえ、二人はまだイタリアン・レストランで向き合ってます。どうせ何か悪いことを企んでるんでしょう」

「そうなんだろうな。遅くまで大変だろうが、ひとつ頼むよ」

「はい」

津上は通話を切り上げ、従弟の隆太に電話をかけた。ツウコールで、通話状態になった。

「今夜も店に出られるかどうかわからないんだよ。できれば、おれが逸見を殺した犯人を突き止めてやりたいんでね」

「『クロス』のほうは心配ありませんよ。達也さんがいてくれたほうが心強いけど、逸見さんを早く成仏させてやってください」

「隆太が頑張ってくれるんで、すごく助かるよ。何年かしたら、おまえに店の経営を譲るつもりでいるんだ」

「そんなこと言わないで、二人でずっと店をつづけましょうよ。この先、またプロのギタリストで喰えそうもないから、おれ、いまの仕事に本腰を入れてるんだよね」

「おれは隆太を縛る気はない。おまえが以前のように音楽の仕事でちゃんと暮らしていけるようになったら、いつでも店は辞めてもいいんだ」

「なんか突き放されたようで、寂しいな」

「まだ夢を諦める年齢じゃない。店でギターの生演奏をさせてくれと言いだしたのは、前の仕事に未練があるからなんだろう」

「未練は少しありますよ。でも、コンピューターでどんな楽器の音色も出せる時代になっちゃったからな」

「機械で作ったサウンドと生楽器の音は温もりが違う。そうだろ？」

「ええ、そうですね。味が違います」

「そのうち生ギターの音色が見直される時代がくるかもしれない。音楽の仕事がまるっきりないなら、もう諦めるほかないだろう。しかし、流行というものはたいがい十年、二十年のサイクルで繰り返してる」

「確かに、そうですね」

「だから、簡単に夢を捨てるなって。隆太は何年かスタジオ・ミュージシャンで喰えてたんだ。ギターの腕はあるわけだから、再起する気持ちは持ちつづけろよ。そのときのために毎晩、一時間ぐらいギターの生演奏をしてもかまわない」

「達也さんの気持ちは嬉しいけど、週に一、二回で充分ですよ。かつてはプロだったんだから、あんまり安売りしてもね」

「その意気だよ」

「何か困ったことがあったら、達也さんに電話で相談します。お店のほうは心配ありませんから」

隆太が明るく言って、先に電話を切った。

津上は折り畳んだモバイルフォンを所定のポケットに戻し、イタリアン・レストランに足を向けた。

十数メートル歩くと、店から立花と奈良林が出てきた。津上は二人に背を向け、変装用の黒縁眼鏡をかけた。前髪を額に垂らし、振り返る。

立花たちはエレベーター・ホールに立っていた。津上は扉が閉まる直前に二人が乗り込んだ函（ケージ）に飛び込んだ。すぐ立花たちに背を向ける。

やがて、エレベーターは一階に着いた。

外に出ると、立花が先にタクシーに乗り込んだ。津上は奈良林を尾行する気になった。足早に自分の車に歩み寄る。ＢＭＷの運転席に坐ったとき、奈良林がタクシーの後部座席に腰を沈めた。

津上は充分に車間距離を取ってから、尾行を開始した。

タクシーは明治通りに出ると、新宿方面に向かった。まっすぐ帰宅するのか。それとも、新宿あたりの酒場に寄るつもりなのだろうか。行き先には見当がつかなかった。

タクシーはしばらく道なりに走り、高戸橋交差点を左折した。面影橋のだいぶ手前を右に折れ、戸塚署の斜め裏にある八階建ての建物の前に停まった。マンション風の造りだった。マンスリー・マンションという看板が見える。

タクシーを降りた奈良林は、いそいそと建物の中に入っていった。津上はBMWを路肩に寄せた。タクシーが走り去った。

津上はグローブボックスを開けた。

俗に〝コンクリート・マイク〟と呼ばれている盗聴器セットを取り出し、急いで車を降りる。マンスリー・マンションのアプローチに走り、津上は視線を伸ばした。

奈良林がエレベーターに乗り込んだ。津上はケージの扉が閉まってから、エントランス・ロビーに足を踏み入れた。

オートロック・システムにはなっていなかった。管理人室もない。エレベーターが上昇しはじめた。

ランプは三階で静止した。

津上はケージに乗り込み、三階に上がった。ホールにも歩廊にも人の姿は見当たらない。

ドアが八つ並んでいる。奈良林は、どの部屋に入ったのか。津上はコートの内ポケットからコード付きのイヤフォンと集音マイクを抓み出した。イヤフォンを片方の耳に嵌め、端の部屋の玄関ドアに吸盤型のマイクを密着させる。

人の話し声は聞こえない。物音もしなかった。留守なのだろう。

津上は隣室に移った。

女同士が談笑している。どちらも若々しい声だが、関西弁だった。男の声はまったく耳に届かない。

津上は、その隣の部屋のドアに盗聴マイクを押し当てた。

そのとたん、ゲーム音楽が耳を撲った。大音量だった。話し声は響いてこない。部屋の借り主は、ひとりでTVゲームに熱中しているのだろう。

その左隣の部屋は、静まり返っている。空室なのかもしれない。

津上は、また横に移動した。

すると、イヤフォンを通して奈良林の声が流れてきた。

「二人とも、スイーツ好きだな。コンビニのシュークリームを喰ったあと、ちゃんと歯を磨いたか？」

「あたしたち、おじさんに言われたことはちゃんとやってるよ」

少女らしい声がした。もうひとりも、短く答えた。だが、その言葉は不明瞭だった。

「どっちも、風呂にも入ったな？」

「うん」

「大事なとこと尻の穴をよく洗ったかな？」

「いつも同じことを言うね」

「あゆみ、おじさんと離れて、横須賀の家に帰りたくなったのか？」

「自分んちになんか、一生、戻りたくないよ。両親は大嫌いだしさ、いい子ぶってる弟も気に入らない。三人とも、うざいよ」

「だから、奈々と一緒に家出したわけだ？」

「そう。奈々が家出したくなっても、当然だよ。母親の再婚相手が小四から、奈々に毎晩、エッチなことをしてたんだから」

「奈々、お母さんはそのことに気づいてたんだろ？」

「気づいてたはずよ。育ての父親があたしのパンツに手を入れるたびに大声で泣き喚いてたんだから」

「でも、お母さんは再婚相手に去られると、自分と二人の子供が食べていけないんで、気づかない振りをしてたんだろう。なんか哀れだな」

「あたしの母さんは、最低の女だよ。再婚相手が隣の部屋で娘に手を出してるのにさ、文句も言わなかった」

「そんな親とは一緒に暮らせないと思って、遊び仲間と中二になって間もなく家出して、歌舞伎町のカラオケやドーナッツ・ショップで夜を明かしてたんだよな？」

「うん、あゆみと一緒にね」

「おじさんが二人の面倒を見てなかったら、どっちも暴力団が仕切ってる少女売春クラブで働かされてただろうな」

「多分ね。カラオケ代も払えなくなると、あたしたち、酔ったおっさんたちに声をかけて、ラブホに行ってたから。それを見てたヤーさんがいたし、風俗で働かないかって声をかけてくる奴もいた」

「そういう話だったな」

「あゆみは生きるために売春クラブで働こうと言ったんだけど、あたし、猛反対したの。だって、やくざに目をつけられたら、絶対にいいことなんかないじゃん」

「奈々は賢いな。その通りだよ。おじさんが声をかけてなかったら、二人ともどうなってたかわからない」

「おじさんには感謝してるよ」

あゆみと呼ばれた子が口を開いた。どうやら奈良林は二人の家出中学生をマンスリー・マンションに住まわせ、性的な奉仕をさせているようだ。

「奈々も、そう思ってくれてるのかな？」

「あたしも、あゆみと同じだよ。おじさんはスケベだけど、悪人じゃないからね」

「悪人じゃないか。ぐっふふ」

「善い人だよ。あたしたちに月に十二万円ずつ生活費をくれて、ここの家賃も払ってくれてる。おかげで、あたしたちはユニクロで服が買えるし、ハンバーガーも食べられるわけだから」

「感謝してくれてるんだったら、少しサービスしてくれるかな？」

「うん、いいよ。奈々と一緒に素っ裸になって、ベッドで待ってる」

「いや、今夜はここで裸になってくれないか。十四歳の女の子が代わりばんこにおじさんのナニをしゃぶるとこを電灯の真下で見たいんだよ。二人とも、おじさんの言う通りにしてくれるね？」

「いいよ」

少女たちが声を揃え、衣服を脱ぐ気配が伝わってきた。

津上はすぐにピッキング道具を取り出しそうになった。しかし、家出少女たちは部屋に監禁されているわけではない。納得ずくで、奈良林に飼われているようだ。焦って救出する必要はないだろう。

奈良林がスラックスのファスナーを引き下げる音がした。津上は盗聴器セットを所定のポケットに戻し、左右を見た。無人だった。

津上は二本の金属棒を取り出した。一本は棒状で、もう片方は平べったい。

津上は細心の注意を払って、静かにドア・ロックを解いた。黒縁眼鏡を外し、サングラスをかける。

津上は前髪を搔き上げ、ドアを少しずつ開けた。体を斜めにして、玄関に忍び込む。

間取りは1LDKのようだ。正面の短い中廊下の先はリビングになっている。

ソファ・セットの横に、奈良林が突っ立っていた。下半身は剝き出しだ。早くも性器は、角笛のように反り返っていた。

全裸の少女たちが奈良林の足許にひざまずいている。

前方にいる娘は、奈良林の内腿に舌を這わせていた。後ろにいる少女は奈良林の尻を押し割り、舌の先で肛門をくすぐっているようだ。

二人の体はやや硬さを留めているが、乳房はほぼ膨らんでいた。ウエストのくびれは深く、それなりに腰も張っている。

ぷっくりとした恥丘は、黒々とした飾り毛で覆われていた。どちらの恥毛も逆三角形に繁っていた。

「あゆみ、早くくわえてくれないか」

奈良林が片方の少女を急かせた。内腿を舐めていた少女が膝立ちになって、片手で男根の根元を握った。そのまま奈良林の分身を口に含む。

「舌の使い方が上手になったね。おじさんが教えた通り、性感帯を的確に刺激してくるな。いいよ、その調子だ」

奈良林が両手であゆみの頭を引き寄せ、自ら腰を動かしはじめた。荒々しいイラマチオではなかった。

「奈々は、舌を尖らせてツンツンしてごらん。そうされると、男も感じるんだよ」

奈良林は、後ろにいる少女に注文をつけた。奈々が指示に従う。

津上は靴を履いたままで、玄関ホールに上がった。コートのインナーポケットからブーメランを摑み出し、リビングに向かう。

津上は仕切りドアを開けるなり、ブーメランを奈良林の頭上に飛ばした。奈良林が驚きの声を洩らし、中腰になった。裸の少女たちはうずくまった。

津上は、Uターンしてきたブーメランを受けた。

「誰なんだ⁉」

「奈良林、二人の家出少女を飼ってることを公安調査庁の上司や同僚に知られたくなかったら、おれに逆らわないことだな」

「な、何者なんだよ？」

奈良林が顔を引き攣らせた。津上は薄く笑い、携帯電話のカメラで奈良林と二人の少女を動画撮影しはじめた。あゆみと奈々が乳房と股間を手で覆い隠す。

「おい、撮影をやめろ！」

奈良林が声を張り上げた。

「おれに命令する気なら、ブーメランであんたの頸動脈を切断するぞ」

「そんなこと……」

「きみらに乱暴なことはしない。脱いだ服を持って、ベッドルームに入っててくれないか」

津上は家出少女たちに優しく声をかけた。

あゆみと奈々がうなずき合い、衣服やランジェリーを床から拾い上げた。二人は隣接している寝室に移り、ドアを閉めた。

奈良林がトランクスとスラックスを穿く。指先が震えていた。顔面蒼白だ。

「ソファに坐って、おれの質問に素直に答えろ。いいな?」

「警察の関係者なのか?」

「質問するのは、あんたじゃないっ」

「しかし……」

「あんたはサンシャイン60の展望台で本庁公安一課の立花正樹と落ち合い、そのあと『アルパ』のイタリアン・レストランで食事をした」

「なんでそんなことまで知ってるんだ!?」

「おれは、自宅マンションから立花を尾行してたんだよ」

「やっぱり、捜査関係者なんだな。そうなんだろう?」

「おれは強請屋さ。悪さをしてる連中を脅迫してるんだよ。あんたは家出少女たちをこのマンスリー・マンションに住まわせて、セックス・ペットにしてる。公調の職員としては、ずいぶんスキャンダラスな私生活だね」

「目的は金なんだな。いくら口止め料を出せば、あゆみと奈々の面倒を見てることを口外しないでくれるんだ?」

「チンケなことをする気はない。おれが知りたいことを教えてくれたら、あんたの私生活の乱れは誰にも喋らないよ」

「そうしてくれるんだったら、知ってることはすべて話してもいい」

「立花は、かつて『蒼い旅団』のナンバーツウだった天海優子が故買ビジネス、出張売春、国外逃亡の手助け、化学兵器の転売、脱法ハーブの卸しなどの非合法ビジネスで荒稼ぎして、儲けの何割かを所属してたセクトにカンパしてる事実を恐喝材料にして、かなり銭を脅し取ってきたな」

「そのへんのことは、よく知らないんだ」

「おれを軽く見ないほうがいいぜ」

津上は言いざま、ブーメランを投げつけた。ブーメランは奈良林の右の外耳を数ミリ傷つけ、津上の手許に戻ってきた。

呻いた奈良林は怯(おび)え戦(おのの)いていた。

「次は頸動脈を狙うぞ」

「わたしが悪かった。おたくが言った通りだよ。立花君は天海優子からトータルで一億数千万円をせしめて、都心のワンルーム・マンションの五室を手に入れたんだ。その部屋は他人に貸してるんで、月に五十万円ほど家賃収入があるはずだよ」

「そのことは知ってる。立花は恐喝の事実を監察室の逸見警部に知られたんで、誰かに大型バールで主任監察官を撲殺させたんじゃないか。新宿署の田村刑事にも強請の件を嗅ぎつけられたんで、殺し屋に射殺させた疑いがある。あんた、何か知ってるんだろ?」

「立花君はその二人に恐喝で口止め料をせしめたことを知られたんで、だいぶ焦ってたね。新宿署の刑事には、いくらか毟られたみたいだな。額までは知らないが、田村に口止め料を要求されたことは間違いないよ。わたしは立花君に田村を追っ払う方法はないもんかと相談されたことがあるんだ。残念ながら、いい知恵は授けられなかったんだが……」

「立花は逸見主任監察官に悪事を覚られて、平然とはしてられなかったはずだ。懲戒免職に追い込まれることは時間の問題だったわけだから」

「立花君は不名誉なことになる前に依願退職して高飛びすることも考えてたみたいだよ。しかし、なかなか踏んぎりがつかなかったんだろうな」

「公安刑事は追い込まれてたんだから、逸見警部と新宿署の田村刑事を第三者に始末させた疑いは依然として残るな」

「そうなんだが、立花君が誰かに殺人を依頼したことはないと思うよ」

「なら、立花を締め上げてみよう。おれのことを立花に教えたら、あんたが中学生をセックス・ペットにしてたことを警察とマスコミに密告するぜ」

「立花君には何も言わないって約束するよ」

「それから二人の家出娘を説得して、家に戻らせるか、児童相談所に連絡しろ」

「そんなことをしたら……」

「第三者に頼んでも、必ずそうしてやれ。いいな」

津上は奈良林に言い放ち、リビングを出た。

3

柔肌は汗ばんでいた。

体位は騎乗位だった。津上は、ゆさゆさと揺れる乳房を下から眺めていた。

友香梨は切なげに眉根を寄せ、腰を弾ませている。

閉じた瞼の陰影が濃い。濡れた首筋や頬にへばりついた髪が妙になまめかしく映った。

だが、津上は行為に熱中できなかった。前夜の忌々しさが萎んでいないせいか。

津上はマンスリー・マンションを出ると、車を『千石エミネンス』に走らせた。立花の部屋は暗かった。

津上は午前一時近くまで、マンションの近くで張り込んでみた。

しかし、立花は帰宅しなかった。イタリアン・レストランから出てきた立花と奈良林を人目のない場所に連れ込んで、二人を締め上げるべきだったのではないか。

津上は後悔の念を抱えながら、塒に戻った。友香梨は夜食を用意して待ってくれていた。二人はビールを飲みながら、シーフード・ピザを平らげた。

別々に入浴し、二人はベッドに入った。すぐに友香梨は身を寄せてきたが、津上の欲情は膨らまなかった。前夜のうちに立花を追い込めなかったことが悔しくてならなかったからだ。前戯では昂まらなかった。

友香梨は敏感に津上の気持ちを察し、眠りについた。睦み合うことを期待して、恋人は部屋を訪ねたはずだ。

明け方になって、津上は友香梨を抱き寄せた。二人は、いつものように体を貪り合いはじめた。

官能に火を点けられた友香梨は、しどけない痴態を大胆に晒した。それでも、津上はさほど煽られなかった。

「ね、動いて……」

友香梨が甘くせがんだ。

津上は右手を結合部に伸ばし、痼った肉の芽を愛撫しはじめた。そうしながら、ダイナミックに下から突き上げる。

友香梨は揺れながらも、秘めやかな部分を津上の恥骨にぶつけてきた。湿った摩擦音はリズミカルに響いた。淫猥な音だった。

数分後、友香梨の肩がすぼまりはじめた。アクメの前兆だ。

津上は荒々しく恋人を突き上げた。ほどなく友香梨は沸点に達し、津上の胸に倒れ込んできた。胸の隆起は、ラバーボールのような感触だった。

津上は交わったまま体を反転させ、友香梨を組み敷いた。きつく締めつけられはじめた瞬間から、〝隠れ捜査〟のことは頭から消し飛んでいた。

津上はワイルドに律動を加え、やがて果てた。射精感は鋭かった。ワンテンポ遅れて、友香梨が二度目の高波にさらわれた。

内奥のビートがはっきりと感じ取れる。津上は、恋人の胸の波動が小さくなるまで体を離さなかった。

友香梨は余韻を楽しんでから、浴室に向かった。津上は横向きになって、煙草に火を点けた。情事の後の一服は、いつもうまい。

津上はゆったりと紫煙をくゆらせながら、きょうは午前中から立花正樹をマークしようと決めた。桜田門の本部庁舎の通用口付近に張り込んでいれば、公安刑事を人気のない場所に連れ込むチャンスはあるだろう。

二十分ほど過ぎると、友香梨が風呂から上がった。午前七時過ぎだった。

津上は寝室を出て、朝風呂に浸かった。

洗い場で頭髪と全身を洗ってから、ふたたび湯船に沈む。五分ほど過ぎたころ、浴室のドアがノックされた。

「達也さん、わたし、職場に行かなきゃならなくなったの」

「多摩中央署管内で凶悪事件が発生したようだな？」

「そうなの。唐木田の雑木林の中で、本庁公安一課の立花正樹の射殺体が発見されたという連絡が入ったのよ」

「なんだって!?」

津上は浴槽から出て、ガラス戸を開けた。友香梨は身繕いを終えていた。

「事件の詳細はわからないのよ。署の刑事課の者と鑑識係が現場に向かったそうなの。追っつけ本庁の捜一と鑑識課も臨場するはずだわ」

「おれの車を使えよ」

「ううん、タクシーで署に行く。そういうことなんで、達也さん、自分でコーヒーを淹れてパンを焼いてね」

「そんなことより、急げって」

「そうするわ。逸見さんの事件と何か関連があるかもしれないから、あとで内緒で初動捜査情報を流してあげる」

「ああ、頼むよ」

津上は浴室のドアを閉めた。友香梨が慌ただしく脱衣所から出ていく物音が伝わってきた。

多摩中央署刑事課と本庁機動捜査隊初動班は事件現場に臨んだら、被害者宅から遺品をチェックするだろう。その前に『千石エミネンス』の五〇一号室に忍び込めば、何か手がかりを得られるかもしれない。

津上は浴室を出て、手早くバスタオルで濡れた体を拭った。寝室で外出の仕度をすると、ほどなく部屋を飛び出した。

津上はエレベーターで地下駐車場に下り、BMWを発進させた。最短コースを選んで、文京区千石四丁目をめざす。

立花の自宅マンションに着いたのは、八時二十分過ぎだった。

津上は居住者のような顔をして、五階に上がった。歩廊には誰もいなかった。布手袋を両手に嵌めてから、ピッキング道具を用いてドアの内錠を外す。

津上は素早く入室した。薄暗かったが、電灯を点けるわけにはいかない。ほどなく目が暗さに馴れた。

津上は靴を脱ぎ、玄関マットの上に上がった。間取りは1LDKだった。津上は奥に進み、最初に居間を検べてみた。

リビングボードの引き出しの中には、手がかりになるような物は何も入っていなかった。ベランダ側にパソコン・デスクが置かれている。

津上はパソコンを起動させ、USBメモリーの中身をチェックした。しかし、一連の事件に結びつくような事柄は何も記録されていなかった。

パソコン・デスクの上に、一台のデジタルカメラが載っていた。メモリーはセットされたままだった。

津上は画像を再生してみた。

犬の首輪を嵌められた裸の中年女性が獣のような姿勢で床を這っている。引き綱を握っている男の左腕は、肘の上までしか撮られていない。

屈辱的なことをされているのは、天海優子だった。写っている家具は安物ではない。撮影場所は、奥沢にある天海邸の居間なのではないか。

美貌を誇った元活動家の体も、さすがに崩れていた。乳房はだいぶ張りを失い、腹部は贅肉が目立つ。太腿の皮膚もたるんでいる。

立花は、天海優子から口止め料を脅し取るだけでは満足できなかったのだろう。

しかし、五十女を抱く気にはならなかった。それで、歪んだ歓びを味わうことになったようだ。

サディスティックな嬲られ方をされた優子は、さぞや惨めだったにちがいない。いっそ身を穢されたほうがましだと思ったのではないか。

元女闘士は、裸で這い回らされただけではなかった。自慰行為も強いられたらしく、仰向けの姿勢で自分のバストをまさぐっていた。利き腕の指は秘部に伸びている。

「立花の変態め！」

津上は声に出して罵り、デジタルカメラをコートのポケットに入れた。

隣の寝室に移る。十畳ほどの広さで、出窓側にセミダブルのベッドが置いてあった。カーテン越しに陽射しが落ちている。物はよく見えた。

津上はナイトテーブルの前に片膝を落とし、上段から順に引き出しの中身を検めた。預金通帳やワンルーム・マンションの権利証などは、深さのある最下段の引き出しに収められていた。ワンルーム・マンションの賃貸契約書五通、実印、銀行印なども入っている。

津上は、真っ先にメガバンクの預金通帳を見た。

残高は四千二百四十余円だった。多額が振り込まれたことはない。

立花は天海優子から口止め料を現金で受け取って、その後、小分けにして預金していたようだ。本人もどこかにまとまった額の金を振り込んでいなかった。

新宿署の田村巡査部長には、キャッシュで口止め料を渡していたのだろう。恐喝の協力者である奈良林には、第三者経由で迂回振込みをしていたと思われる。そうでなければ、他人名義の預金通帳を別の場所に保管してあるのではないか。

津上は、ワンルーム・マンション五室の所有権登録証に目を通した。どの権利証にも、まったく抵当権は設定されていなかった。

そのことは、立花が無借金でワンルーム・マンションの五室を購入した証になる。天海優子から脅し取った金を購入資金に充てたことは間違いないだろう。

津上は、ワンルーム・マンションの賃貸契約書の文字も目で追った。部屋の借り主は、一連の事件にはつながってはいないだろう。

津上はナイトテーブルから離れ、クローゼットの扉を開けた。手提げ金庫が奥まった所に置かれていた。

津上は手提げ金庫を引っ張り出した。

ダイアル錠が付いていたが、ロックはされていない。三十枚前後の万札の下に、帯封の掛かった百万円の束があった。

津上は手提げ金庫を元の場所に戻し、ハンガーに掛かった各種のコートや上着のポケットをことごとく探った。残念ながら、手がかりになりそうな物は見つからなかった。

津上はクローゼットの扉を閉め、寝室を出た。玄関に急ぎ、静かにドアを細く開ける。近くには誰もいない。

津上は五〇一号室を出て、ピッキング道具を使ってドアをロックした。

ごく自然にエレベーターに乗り込み、外に出る。そのとき、右手から覆面パトカーが走ってきた。本庁機動捜査隊初動班の車だろう。

津上は物陰に隠れた。

少し経つと、黒いスカイラインがマンションの前に停まった。車を降りたのは、やはり初動班のメンバーだった。二十代の巡査部長と三十代の警部補だ。どちらも知っている。

津上は屈み、息を殺した。姿を見られたら、面倒なことになる。

「マンションのオーナーから借りたスペアキー、ちゃんと持ってるよな？」

「子供じゃないんだから、落としたりしませんよ。被害者は身内なんだから、早く落着させてやりたいですね」

「そうだな。去年の十二月に監察室の逸見警部が殺され、新宿署の田村巡査部長、そして本庁の公安一課の立花警部も消された。まるで警官狩りがスタートしたみたいじゃないか」

「警察嫌いの市民が多いから、そうなのかもしれませんね」

「まさか!?」

「冗談ですよ。逸見主任監察官は、田村と立花の両刑事を監察中に殺害されたんでしたよね？」

「ああ、そうだったな。逸見警部にマークされてた二人は犯罪組織にうまく利用されて、口を塞(ふさ)がれたのかもしれない」

「そうなんですか。そうだとしたら、監察室の逸見警部は二人の刑事をマークしてて、犯罪組織を突き止めたんじゃないのかな。だから、去年の暮れに大型バールで撲殺されることになったのかもしれませんね」

「おまえの読み筋通りかどうか。とにかく、立花正樹警部の遺品をできるだけ多く捜査資料として借り受けよう」

「ええ、そうしましょう」

二人の捜査員は言い交わすと、『千石エミネンス』のエントランス・ロビーに走り入った。

津上はマンションの植え込みから車道に出て、BMWに走った。運転席に坐り、イグニッション・キーを捻(ひね)る。津上は車を七、八十メートル走らせ、脇道に乗り入れた。

それから間もなく、懐で携帯電話が鳴った。友香梨が早くも職場に着いたのだろうか。

津上は車をガードレールに寄せ、モバイルフォンを摑み出した。予感は外れた。発信者は半田刑事部長だった。

「今朝六時五十分ごろ、多摩市唐木田の雑木林の中で立花正樹の射殺体が見つかったぞ」

「えっ、そうなんですか!?」

津上は驚いてみせた。

多摩中央署の副署長との仲を半田は知らないはずだ。別段、隠し通す気はなかったが、友香梨の口から立花の事件を聞いたとは打ち明けられなかった。警察には、所属の異なる同業者や民間人に犯罪事件に関する情報を流してはいけないという服務規程がある。

「意想外な展開になったな。殺害された田村と立花には捜査事件ではアリバイがあったんで、一応、嫌疑は薄まった。だが、どちらかが第三者に逸見主任監察官を殺らせた可能性はゼロじゃなかったね」

「ええ。いわば灰色と目されてた二人が殺害されたわけだから、捜査は振り出しに戻った状態になってしまいますね」

「そうだね。話がちょっと逸れてしまったが、事件通報者は現場近くに住む五十代の主婦らしい。飼い犬を散歩させてると、雑木林の横で急に吠えだしたそうなんだよ。それで、飼い主を雑木林の中に引っ張ったんだそうだ」

「で、通報者は立花正樹の遺体を発見したんですね？」

「そうなんだ。立花は正面から顔面を撃ち砕かれ、血みどろだったらしい。鼻が消えて、片方の眼球が頬骨の下まで垂れ下がってたそうだよ」

「凶器は遺留されてたんでしょうか？」

「いや、犯人が持ち去ったらしい。死体の周辺に薬莢は落ちてなかったようだから、回転式拳銃(リボルバー)が使われたのかもしれない」

「リボルバーは薬莢がシリンダーに留(とど)まって、排莢されませんからね。あるいは犯人(ホシ)は自動拳銃か半自動のピストルで立花を射殺し、落ちた薬莢を拾ってから逃亡したのかもしれません」

「その両方が考えられるね」

「銃声を聞いた者はいたんでしょうか？」

「本格的な聞き込みはまだ開始されてないんだが、現場付近で銃声を耳にした者はいないようだな」

「それなら、加害者は消音器を使ったんでしょう。そうでなかったら、液体の入ったペットボトルか毛布の類(たぐい)で銃声を小さくしたんだと思います。そうなら、事件現場にプラスチック片か繊維片が落ちてるはずです」

「そうだね。鑑識係がどのくらい遺留品を採取したか判明したら、津上君にすぐ教えるよ」

「お願いします」

「去年の十二月から三人の警察官が殺害されたわけだが、職業が同じだったことは単なる偶然ではないな」

「でしょうね」

「わたしは、どこかの誰かが悪徳警官の二人を私的に裁いたのではないかと推測してみたんだよ。恥ずかしいことだが、ギャングのような刑事がいる。そんな奴らに国民の血税を遣いたくないと考えた人間が歪な正義感に衝き動かされて、手初めに田村と立花に鉄槌を下したんではないのかね？」

「刑事部長の読み筋にケチをつけるわけではありませんが、最初に逸見を始末することはないでしょ？　彼は汚れた警察官を退治する側にいたんですよ」

「そうだね。犯人は当初、主任監察官の命を奪う気はなかったんだろう。しかし、逸見警部に悪徳警官抹殺計画を知られてしまって、やむなく……」

「逸見を先に葬ったんではないかと思われてるんですね？」

「わたしの推測は見当外れのようだな。現場捜査に疎いわたしが混乱させるようなことを言ってしまったな。わたしが言ったことは忘れてくれ。それはそうと、警察庁の二神特別監察官がわたしに電話で逸見事件の捜査の進展具合を問い合わせてきたんだよ。難航気味なんで、焦れてきたんだろうね。詳しい情報が入ったら、また連絡しよう」

半田が、通話を切り上げた。

津上は終了キーを押し込んだ。キャリアが警視庁の刑事部長に直に捜査本部の動きを問い合わせることは稀だ。それだけ二神は、逸見を早く成仏させてやりたいと考えているのだろう。数分後、滝直人から電話がかかってきた。

「公安一課の立花が撃ち殺されたな。朝のテレビ・ニュースで知って、びっくりしたよ」

「おれも驚いた」

「逸見警部の殉職の向こうには、複雑に絡み合った陰謀があるのかもしれないな。それはそうと、天海優子の旧友や元同志に会ってみたんだが、誰ともつき合いがなくなってるという話だったな」

「そうか。ここだけの話だが、多摩中央署の副署長から立花の事件の初動捜査情報を流してもらうつもりなんだ」

「反則技だな。でも、おれは津上を非難しないよ。早く逸見警部を成仏させたいからな。

おれは引きつづき、天海優子の潜伏先を探ってみる」

「頼むな」

津上は電話を切り、ステアリングに両手を掛けた。

4

黄色いテープは張られていない。

警察車輛や報道関係の車も見当たらなかった。

多摩市唐木田の雑木林に面した道路には、人っ子ひとりいない。マンション、団地、戸建て住宅が並ぶエリアから、だいぶ離れていた。

津上はＢＭＷを降り、殺人事件の現場に近づいた。

少し風がある。葉擦(はず)れの音が雑木林全体に響いていた。どこか潮騒(しおさい)に似た音(ね)だった。

下生えが踏み固められた所をたどり、奥に進む。五十メートルほど行くと、樹木が疎(まば)らな場所があった。

そこが殺人事件現場だった。枯れ草が人の形に薙(な)ぎ倒され、その周辺には血痕が散っている。血溜(だ)まりもあった。すでに血糊は凝固していた。

津上はしゃがんで、あたりの枯れ葉をよく見た。同じ長さの乾燥植物がところどころに落ちていた。脱法ハーブかもしれない。

津上は指先を舐め、乾燥植物を吸着させた。

鼻先に指先を近づけ、嗅いでみる。薬品臭かった。

幻覚や興奮作用をもたらす脱法ハーブには、十数種類の乾燥植物にナフトイルインドールと呼ばれる基本構造を持つ化学物質が混ぜられている。その数は七百七十五物質もあり、いずれも人間の中枢神経系に影響を及ぼす。

薬事法で健康被害を起こす危険がある化学物質の製造販売を規制しているが、化学構造をわずかに変えることで規制を逃れる手法が横行していた。現に自動販売機で脱法ハーブは堂々と売られている。

しかし、厚生労働省の薬事・食品衛生審議会は幻覚や興奮作用を誘発する可能性のある七百以上の化学物質を医療目的以外では製造も販売もできなくする方針だ。薬物指定されれば、脱法ハーブは激減するだろう。

脱法ハーブと思われる乾燥植物は、射殺犯の遺留品だったのか。それとも、近くに住む若者が化学物質がまぶされた乾燥植物を雑木林の中で燃やし、その煙を吸い込んだのだろうか。

まだ寒い季節に雑木林で〝脱法ハーブ遊び〟をする若者がいるとは考えにくい。天海優子は裏ビジネスで、脱法ハーブの卸しを手がけている。その優子は立花にダーティー・ビジネスの件で多額の金を脅し取られ、さらに屈辱的なことを強要された。

人間の誇りを著しく傷つけられたわけだ。『蒼い旅団』のナンバーツウだった彼女は、脱法ハーブを製造している者に脅迫者の立花正樹を始末させたのか。

仮にそうだとしたら、実行犯はあまりにも無防備だ。殺人現場に危険な化学物質に塗れた乾燥植物を遺すとは愚かすぎる。

誰かが天海優子に罪をなすりつけようとして、稚拙な細工を弄したのではないか。そう判断すべきだろう。

津上は立ち上がって、腕時計を見た。

あと数分で、午後三時になる。じきに友香梨がやってくるだろう。

津上は改めて周りを観察した。しかし、やはり加害者の遺留品と思しき物は見つからなかった。

津上は溜息をついた。

ちょうどそのとき、友香梨が雑木林に分け入ってきた。私服の上に焦茶のスエード・コートを重ねている。制服のまま署を抜け出したら、どうしても目立ってしまう。

「職務中に悪いな」

津上は開口一番に言った。

「ううん、気にしないで。署にいても、判子を捺すことぐらいしかしてないんだから、ちょっとぐらいサボってもどうってことないのよ」

「早速なんだが、凶器は特定できたのかな?」

「貫通弾を回収できたんで、ライフルマークから凶器はアメリカ製のブローニング・アームズBDMとわかったの」

「そいつはブローニング・アームズ社で製造されてる大型拳銃で、フル装弾数は十五発だったと思う」

「男の人って、ハンドガンに精しいのね。ピ、ピ、ピストルを提げてるせいなのかしら?」

友香梨が際どい冗談を言って、小さく笑った。

「さあ、どうかね。刑事をやってる男の中には、ガンマニアが多いな」

「達也さんも、そのひとりだったんじゃない?」

「別にマニアじゃないよ。それより、弾頭に犯人の指紋は?」

「指掌紋はまったく付着してなかったそうよ。加害者が弾頭を布で拭ってから、マガジン・クリップに実包を詰めたんでしょうね。もちろん、手袋をして」

「そうなんだろう。プラスチック片や繊維片は？」

「どっちも見つかってないから、犯人は消音器を使ったんでしょう。刑事課の聞き込みで銃声を聞いたという証言は得られなかったそうなの」

「本庁鑑識課検視官室の人間は臨場したんだろ？」

「ええ。検視官は死体の硬直状態から、立花正樹が死亡したのは今朝四時から五時二十分の間だろうと見立てたようよ」

「まだ暗いな、その時間帯なら」

「そうね。加害者は立花と面識があったんでしょう。まだ夜が明けきってない時刻に雑木林の近くで落ち合ったんだろうから」

「そうなんだろう。立花はどこから現場にやってきたんだい？」

「それがまだわかってないのよ」

「立花は昨夜、文京区千石にある自宅マンションには帰ってないと思われるんだ。多摩市周辺のホテルにチェックインして、犯人と現場で待ち合わせをしたんじゃないかな。どちらも人に見られたくなかったから、夜が明ける前に会うことにしたんだろう」

「立花が犯人を呼び出したのかしら？　あるいは、逆だったのかな」

「どっちにしても、双方は人目のない場所で接触してる。別に根拠があるわけじゃないが、立花は犯人から口止め料の類を受け取るつもりだったんじゃないだろうか。逸見は、立花を七カ月前から監察してたんだ。立花が『蒼い旅団』のナンバーツウだった天海優子を強請ってたことは間違いない、ダーティー・ビジネスのことを恐喝材料にしてな」

「そのダーティー・ビジネスに関連があるのかどうかわからないけど、立花の遺体の近くには脱法ハーブと思われる化学物質が付着した乾燥植物が落ちてたのよ」

「まだ少し落ちてる。天海優子が脱法ハーブの卸しも裏ビジネスにしてたんだが、現場に化学物質をまぶした乾燥植物があちこちに落ちてるのは、いかにも……」

「ええ、わざとらしいわね。元活動家を立花殺しの首謀者と思わせるための偽装工作っぽいな」

「おそらく、そうなんだと思うが……」

「達也さん、なんか歯切れが悪いわね」

「まだ裏付けは取れてないんだが、立花は天海優子から口止め料をせしめてただけじゃなくて、彼女を辱めてたって情報もあるんだよ」

津上は少し迷ってから、曖昧な言い方をした。まさか立花の自宅マンションに忍び込んで、デジタルカメラをくすねたとは言えなかった。

「立花は、天海優子の体を弄んでたの？」

「元女闘士は五十過ぎてるんだ。レイプはしていないようだが、全裸で犬のように這って歩かせたり、オナニーを強いたみたいなんだよ」

「そんな屈辱的なことをさせられたんなら、天海優子は立花に殺意を懐くんじゃない？　わたしがそんなことをやらされたら、立花を殺しちゃうかもしれないな」

「プライドを踏みにじられたんだから、激情に駆られると思うよ。しかし……」

「天海優子には犯行動機があるわね。脱法ハーブを製造してる者にブローニング・アームズＢＤＭを渡して、優子は立花を射殺させたんじゃない？」

「脱法ハーブを袋に詰めてるのはネットカフェ難民や失業中の若い男女ばかりみたいなんだよ。おそらくハンドガンを握った人間はいないんだろう」

「そう思い込まないほうがいいんじゃないのかな。グアム、フィリピン、韓国、ハワイなんかでは観光客でも射撃場で実射させてくれてるのよ」

「そのことは、もちろん知ってるさ。しかし、標的は人間なんだぜ。高い日給に釣られて脱法ハーブの製造をしてる若い奴らが立花を撃ち殺せるとは思えない」

「成功報酬が一千万とか二千万円だったら、人殺しを引き受ける若い子もいるんじゃないのかな？　わたしは、そう思うな」

　友香梨が言った。

「署の刑事課の強行犯係はどういう見方をしてるんだい？」

「不審者の目撃情報もまだ得られてないんで、筋を読むとこまではいってないの。とりあえず被害者（マルガイ）の私生活を徹底的に洗ってみようということになったのよ」

「そうか」

「立花正樹が暮れに殺害された逸見さんにマークされてたという話は達也さんから聞いてたから、本庁（ホンブ）の監察室から調査情報を提供してもらうつもりよ」

「あまり期待しないほうがいいな。おれは逸見の納骨のとき、星野首席監察官から手がかりを引き出そうと思って、探りを入れてみたんだ」

「でも、特に収穫はなかったみたいね？」

「そうなんだ。納骨が済んだあとに警察庁の二神特別監察官が逸見の墓参りに訪れたんだが、殉職警官の監察内容については詳しく知らないようだったんだよ。星野首席監察官と二神特別監察官は逸見の死を惜しんでたけどな」

「そう。そういうことなら、立花正樹が天海優子のほかに誰か強請ってたかどうかはわからないだろうな」

「それは、多摩中央署と本庁機捜初動班で調べたほうが早いと思うよ。ところで、司法解剖はどっちでやることになったのかな？」

津上は訊ねた。多摩地区など二十三区以外の都下で殺人事件が発生した場合、遺体は慈恵医大か杏林大の法医学教室で司法解剖されている。二十三区の場合は東大か、慶大の法医学教室に亡骸は搬送される決まりになっていた。

「いま、三鷹の杏林大で司法解剖中のはずよ。剖見で正確な死亡推定時刻が出たら、すぐに教えてあげる」

「そうしてもらえると、ありがたいな」

「地取りと鑑取りの結果が刑事課長から上がってきたら、もちろん教えるわ。わずか数日の初動捜査で立花殺しの特定は難しいでしょうから、署長は本庁捜査一課に協力を要請することになるでしょう」

「だろうな」

「多摩中央署に捜査本部が設置されてからも、捜査情報を流してあげる。ルール違反だけどね」

「あんまり無茶はするなよ。友香梨が青梅署にでも飛ばされることになったら、月に一、二度しか会えなくなっちまうからな」

「そのへんはうまくやるわ。立花正樹の事件は、逸見さんの死とリンクしてるかもしれないんだもの。わたしね、四谷署の捜査本部の連中よりも早く達也さんに逸見さんを殺した奴を割り出してほしいのよ」

「警察官僚（キャリア）は優等生が多いが、友香梨は少し食（は）み出してるな。そこが魅力でもあるんだが、服務を無視してばかりいると、準キャリア組よりも出世が遅くなるぞ」

「特に上昇志向はないから、わたし、万年副署長でもかまわないわ」

「もっと欲を出して、本庁捜査一課の理事官になってくれ。いろいろ凶悪犯罪はあるが、殺人は減らさなければいけないんだ。たとえどんな理由があっても、他人の命を奪うことは絶対に赦（ゆる）されない」

「ええ、そうね。犯罪のない社会が理想だけど、それは望めないでしょう。でも、せめて殺人（コロシ）はなくしたいな」

「おれの分まで頑張ってくれよ」

「頑張る。それはそうと、逸見さん、新宿署の田村、本庁の立花と三人の警察官が相次いで殺害されてしまったのよね」

「そうだな」

「わたしと同じことを考える人は多いんだろうけど、悪さをしてた田村と立花は〝私設警察〟みたいな闇のアナーキーな集団に処刑された可能性があるんじゃない？」

「ないとは言い切れないだろうな。いまに始まったことじゃないが、警察官の不祥事がなかった年はない」

「そうね。職員を含めれば二十九万人近い巨大組織なんだから、金銭欲や色欲に克てなくなって犯罪に手を染める不心得者は後を絶たない。それが実情よね。裏金づくりだって、いまも密かに行われてるにちがいないわ」

「おれも、そう思ってるよ。キャリア、準キャリア、署長といっても、大企業の重役みたいな高収入を得てるわけじゃない。さほど俸給を貰ってもいないのに、警察で偉くなった連中はリッチな暮らしをして、子供たちをイギリスやアメリカの大学に留学させてる」

「ええ、それは事実よね」

「あえて名は伏せるが、おれが某所轄署で働いてたころに署長で停年退官したノンキャリアの出世頭は、二千万円の餞別を貰った」

「そのお金は、署にプールされてた裏金から払われたのね」

「証拠はないが、そうにちがいない。おれは一度もやってないが、架空の捜査協力費の偽領収証を書かされたと告白する同輩や部下はたくさんいたよ」

「わたしも、そういう話は聞いたわ。先輩のキャリアは北関東の小さな署の署長を二年務めて警察庁に戻るとき、一千二百万円の餞別を貰ったと得々と語ってた。そんなキャリアばかりじゃないはずだけど、上層部の人間が栄転したり退官するときに裏金から祝い金や慰労金が捻出されてるのは公然たる秘密よね？」

「そうだな。捜査費を水増しして年間予算を余らせ、裏金づくりを繰り返してる。まさに税金泥棒だ」

「法の番人であるべき警察が罪を犯してるわけだから、市民運動グループだけではなく、ごく一般の人たちは憤って当然だわ。国民の生活が苦しくなってるから、腐敗した警察を懲らしめてやりたいとアナーキーなことを企む人たちもいると思うのよ」

「友香梨は、そういう連中が悪徳警官の田村と立花を血祭りにあげたのかもしれないと推測したわけだ？」

「ええ」

「二人よりも先に逸見が殺害されたことは、どう解釈してるんだ？」

「逸見さんは田村と立花を交互に監察してて、二人の悪徳刑事のことを探ってる私刑執行グループの存在を知ったんじゃないかな。そのグループは一種の世直しを標榜してたんだろうけど、法治国家で犯罪者や悪人を私的に裁くことは認められてない」

「当たり前だよ」

「〝私設警察〟めいた集団は逸見さんに企みを暴かれたら、目的を達成できなくなるでしょ？」

「それだから、その連中は先に逸見を始末したんじゃないかってことだな？」

「そういうことも考えられなくはないんじゃない？」

友香梨が同意を求めてきた。

「もしアナーキーな処刑軍団が実在したとしたら、もっと多くの悪徳警官が殺されてるはずだよ。それ以前に、田村や立花が始末される前に逸見が殺害されることが納得できないね」

「それについては……」

「さっき聞いたことは、ちゃんと憶えてる。逸見が謎の処刑チームの目的を知ったかもしれないからってことだったな？」

「ええ、そう。でも、言われてみると、ちょっとおかしいわね。誰も悪徳警官に天誅が下されてないのに、逸見さんが先に殺されるなんて考えられない」

「正直に言って、説得力がないな」

「となると、立花を殺らせたのは天海優子と疑いたくなっちゃうけど、犯行現場に危ない化学物質をまぶした乾燥植物を実行犯にわざと遺留させるとは思えないわ」

「いかにも作為的だからな」

「田村は立花の弱みを握って、口止め料を脅し取ってたんでしょ？」

「それは、ほぼ間違いないだろう。物的証拠は押さえられなかったんだが……」

「立花が誰かに逸見さんを先に片づけさせて、そのあと田村を始末させたんじゃないかと思ってたのよ」

「おれはそう疑ったこともあるんだが、そうじゃなさそうだな」

「それじゃ、達也さんも筋が読めなくなってしまったのね？」

「逸見殺しの犯人の顔(タマ)は透けてこないんだが、立花を亡き者にしたいと願ってた人間は突き止められそうだ。そいつは天海優子に濡衣(ねれぎぬ)を着せようと小細工を弄したと考えられる」

「ええ、そうね。この事件の現場(ヤマ)に脱法ハーブを遺留させるなんて子供っぽい偽装工作だけど、そういう気持ちがあったことは確かだと思うわ」

「そうだな。立花を射殺した実行犯は素人(トウシロ)じゃないと思うが、雇い主は天海優子と利害が反するか、何か致命的な弱みがあるんだろう。もちろん、立花のことは邪魔者だと思ってた。それだから、第三者に葬らせたんだろうな」

「そうか、そうなんでしょうね」

「立花を始末させた奴が田村と逸見の死に絡んでるかどうかまだわからないが、三つの殺人事件はつながってる気がするね」

「そうなのかな」

「もう署に戻ったほうがいい。ここには、署の車で来たのか？　タクシーで来たんなら、おれの車で職場まで送るよ」

「覆面パトカーのプリウスを飛ばしてきたのよ」

「そうか。なら、一緒に雑木林から出よう」

津上は恋人を促（うなが）した。

二人は肩を並べて歩きはじめた。

第五章　悪謀の綻び

1

プリウスが見えなくなった。

津上は友香梨の車を見送ってから、BMWのギアをDレンジに入れた。ちょうどそのとき、半田刑事部長から電話がかかってきた。

「別件容疑で留置してた龍昇会の笠原泰志がついに口を割ったそうだ。笠原は天海優子に頼まれて、身替り出頭したと供述したらしい」

「天海優子に頼まれたと言ったんですか!?」

「捜一の理事官は、そう報告してきたんだよ。笠原は新宿の喫茶店で天海優子の代理人と称する加藤と名乗る三十代後半の男に謝礼の三百万円を渡されたんで、身替り出頭したと明かしたそうなんだ。もちろん、田村の事件に自分は一切関わってないと繰り返し述べたらしいよ」

「そうですか」

「加藤と自称した男は、笠原に天海優子が田村のあとは立花正樹を亡き者にする気でいると洩らしたというんだ。津上君、笠原は苦し紛れに作り話をしたんだろうか」

「笠原が貰ったという三百万円は見つかったんでしょうか？」

「自宅マンションに三百万入りの袋はあったらしいんだよ。ただ、それが本当に身替り出頭の謝礼かどうかを確かめる術はないんだがね。笠原が言ってる額と符合はしてる」

「天海優子と笠原に接点はなかったはずです」

「ああ、そうだね。しかし、非合法ビジネスのことで田村に強請られてた天海は手下の者に悪徳刑事の弱みを探らせてたのかもしれないぞ。そうだったとすれば、田村が龍昇会や関東俠友会と癒着してた事実を知った可能性もあるんじゃないのかね。龍昇会は図に乗りはじめた田村のことを苦々しく感じただろうから……」

「笠原が田村を殺ったと出頭すれば、一応、犯行動機はあるわけですね」

「天海優子が第三者に田村と立花を始末させたのかもしれないな。その前に元女闘士は、逸見警部を誰かに片づけさせたんじゃないだろうか」

「前にも言いましたが、殺す順番が逆でしょう。脅迫者の二人の悪徳刑事を抹殺してから、裏ビジネスのことを知った逸見の口も塞ぐと思うんですよ」

「同じ遣り取りをした気がするが、天海は口止め料をせびられることよりも、逮捕されることを恐れたんだろう」

「そうなんでしょうか」

津上はうなずけなかった。

「堂々巡りだね。立花正樹が射殺されたことは午前中に伝えたが、凶器はブローニング・アームズBDMと判明したそうだ。それから、死亡推定時刻は午前四時から同五時二十分の間とされた。至近距離から撃たれた立花は即死だったらしい。犯人の遺留品かどうかわからないが、現場には脱法ハーブと思われる乾燥植物が落ちてたという報告だったよ」

半田が一気に喋った。すでに友香梨から教えられていた初動捜査情報だったが、津上は黙って聞いていた。

「加害者は二十七センチの靴を履いてたようだが、量産されてる紐靴なんで、履物から犯人を割り出すことはできないだろう。凶器には消音器を嚙ませてたようだ」

「そうですか」

「天海優子はハジムという名の武器商人から銃器や化学兵器を買い付け、過激派の連中やカルト集団に転売してる疑いがあるんだったね？」

「ええ」

「天海優子なら、ブローニング・アームズBDMと消音器はたやすく入手できるな。逸見警部のことは措いといて、田村と立花を配下の者か殺し屋に殺らせたと疑えるね。ただ、腑に落ちないこともあるんだよ」

「どんな点がでしょう？」

「逸見警部の事件の凶器は大型バールだった。一連の事件の黒幕が天海優子だとしたら、なぜ捜査本部事件だけ銃器を使わせなかったんだろうか。主任監察官殺しには関与してないと思わせたかったのかね？」

「刑事部長、笠原の供述を鵜呑みにしてもいいんでしょうか」

「津上君は、笠原が嘘をついてると疑ってるようだな」

「いいえ、そうじゃないんですよ。笠原が自白したことは、作り話ではないんでしょう。しかし、加藤と名乗った男が本当に天海優子の代理人だったのかどうかはわかりませんよ」

「疑わしいか」

「そうですね。三件の殺人事件を裏で操ってた人間が天海優子を首謀者に見せかけようと画策したとも推測できます。庶民にとって三百万円は大金でしょうが、身替り出頭の謝礼としては安すぎるでしょ？」

「しかし、笠原はその額で身替り犯になることを引き受けてる」

「笠原は三百万でも臨時収入が得られるならと思い、犯人の振りをしたんでしょう。科学捜査で自分が殺人犯じゃないことは、いずれ明らかになりますからね」

「それは、そうだろうな。ところで、天海優子は二子玉川の店や奥沢の自宅にはまったく近づいてないとの報告があったよ。『陽(ひ)の恵み』も営業はしてないそうだ」

「そうですか」

「脱法ハーブの袋詰めをやってた溝口の借家も無人になってて、乾燥植物や危険な化学物質も見当たらなかったらしい」

「ほかの裏ビジネスのアジトも引き払われてるんでしょうか」

「四谷署に置かれた捜査本部は、故買ビジネス、売春クラブ、海外逃亡斡旋(あっせん)の事務所のすべてが引き払われてることを確認したそうだ」

「そうなんですか」

「そうしたことを考えると、一連の事件の絵図を画(か)いたのは天海優子と思われるんだが、わたしはミスリード工作に惑(まど)わされてるんだろうか」

半田が呟(つぶや)いた。

「刑事部長の読み筋に首を傾げる根拠があるわけではありませんが、天海優子は嵌められそうになってるだけなんではないでしょうか。遺体のそばに化学物質をまぶした乾燥植物が落ちてたなんて、いかにも……」

「わざとらしいか」

「ええ。天海優子は『蒼い旅団』で、数々の非合法活動をやってきたにちがいありません。仮に田村や立花の事件に絡んでたとしても、ヘマはやらないでしょう」

「ああ、そうだろうな。津上君、天海優子は裏をかいて、『蒼い旅団』のアジトに身を潜めてるんじゃないのか」

「それはないと思いますがね」

「一応、公安一課に探ってもらおう。無駄かもしれないが、天海優子が事件の謎を解く鍵を握っている気がするんでな」

「そうしてもらってもかまいません。自分も彼女の潜伏先を突き止める努力を重ねます」

津上は電話を切った。

シフトレバーをPレンジに戻して、煙草に火を点ける。

津上はセブンスターを喫いながら、天海優子を誘き出す方法を考えはじめた。煙草の火を消したとき、妙案が閃いた。

津上は、情報屋の小寺輝雄に電話をかけた。スリーコールで通話状態になった。

「ちょっと頼みがあるんだ」

「どんなことでも協力しますよ」

「裏社会に生物化学兵器を大量に欲しがってるカルト集団があって、どんな高値でも買い取る気だという噂を流してほしいんだよね」

「生物化学兵器!?」

「そう。できれば、猛毒のトリコセシン・マイコトキシンを手に入れたいと言ってくれないか」

「それは、どんな猛毒なのかな?」

「麦に生ずる菌毒で、飲料水に混ぜれば、六時間か七時間で人を殺せるんですよ」

「ちょっと待ってね。いま、毒の名をメモするから。えーと、トリコ……」

「トリコセシン・マイコトキシンです」

「ちゃんとメモしたよ」

「その生物化学兵器を大量に欲しがってるカルト集団のボスは自分らに批判的な宗教学者や言論人だけじゃなく、私利私欲に走ってる政治家、財界人、キャリア官僚を皆殺しにして、あらゆるアナーキスト・グループと手を結んで、この国の社会構造そのものを変えたがってると付け加えてほしいんだ」

「そんな危ない連中が実際にいるんですか？」

「実在するわけじゃないんだよ。こっちは、生物化学兵器の密売をしてる組織を誘き出したいんですよ」

「そういうことなのか」

「その密売組織のリーダーは、一連の警察官殺しの首謀者を知ってるかもしれないんだ」

「虚偽情報（ガセネタ）をすぐに流しますよ。それで、生物化学兵器密売組織から何か連絡があったら、津上さんに電話すればいいんだね？」

「そうです。カルト集団の親玉は、ある財閥の跡取り息子だから、金は腐るほど持ってると触（ふ）れ回ってほしいんだ」

「了解！　いったん電話を切ります」

小寺の声が熄（や）んだ。

津上は車を発進させ、赤坂の自分の店に向かった。『クロス』に入ったのは、午後四時過ぎだった。まだ従弟（いとこ）は職場には顔を出していなかった。

体調を崩したのか。それなら、もっと早い時刻にオーナーの津上に電話をしてくるはずだ。隆太は自宅マンションで、よく料理の下拵（したごしら）えをしてくる。きょうも、それで出勤が遅いのだろう。

津上はカウンターやテーブルをダスターで拭い、床掃除をした。冷蔵庫の中身をチェックし、足りない食材、調味料、水などを出入り業者に電話で注文する。

まだ昼食を摂っていなかった。津上は冷凍海老ピラフをフライパンで炒めた。カウンターに向かってピラフを掻っ込んでいると、八百屋、乾物屋、氷屋の従業員が次々に注文の品を運んできた。

五時が迫っても、従弟は姿を見せない。

津上は心配になって、隆太の携帯電話を鳴らした。しばらくコールサインが響いていたが、電話はつながった。

「隆太、熱でも出してダウンしちゃったのか」

「いや、店の近くまで来てます。自分んとこでいろいろ下拵えをしてたんで、いつもより遅くなっちゃったんですよ。達也さんは、もう店にいるみたいですね?」

「そうなんだ。腹が空いてたんで、海老ピラフを作って喰ったとこなんだよ」

「逸見さんを殺した犯人はわかったんですか?」

「いや、まだなんだ。しかし、あんまりサボってもいられないんで、店に出てきたんだよ。隆太に甘えてばかりもいられないからさ」

「おれに任せっきりじゃ、なんか不安なんでしょ？」

「いつから僻（ひが）みっぽくなったんだ？　スタジオ・ミュージシャンで喰えなくなってからかな？」

「達也さんこそ、いつから性格悪くなったんです？」

「生まれつきだよ」

「はっはっは。すぐそっちに行きます」

従弟が通話を切り上げた。モバイルフォンを折り畳みかけたとき、着信ランプが灯った。発信者は滝だった。

「『陽（ひ）の恵み』の従業員たちにまた会ってみたんだが、きのうの夕方、渋谷のネットカフェから天海優子の名でメールが各自に届いたらしいんだよ」

「メールの内容は？」

「自然食品の販売とレストランはしばらく休業にするけど、ちゃんと給料を払うから、心配しないでくれと送信してきたそうだ」

「そうか」

「彼女、渋谷周辺に潜伏してるんじゃないか？」

「渋谷のネットカフェから送信したのは、おそらく優子自身じゃないんだろう」

「代理の者がメール送信したんだろうか」

「多分、そうなんだろうな。天海は渋谷に近い所に隠れてると思わせたくて、そのネットカフェを選んだんじゃないか」

「そうなのかもしれないな」

「滝、そのネットカフェに行ってみた?」

「もちろん、行ったよ。五十年配の客は来てないと店の者が言ってた。しかし、天海優子は四十そこそこにしか見えないからな。ひょっとしたら、ネットカフェにいたのかもしれないが、津上が言うように……」

「代理の者が『陽の恵み』の従業員たちにメールを送ったんだと思うよ。客たちの送信記録はチェックできなかったんだろう?」

「店の者にフリージャーナリストだってことを明かして、協力を求めたんだが、各ブースのパソコンを覗くことはさせてもらえなかったんだ」

「そうだろうな。仮に客のパソコンをチェックさせてもらえても、『陽の恵み』の従業員にメールを送った人間は通信文をそっくり削除したにちがいない」

「だろうね。そんなわけでさ、天海優子の潜伏先は摑めてないんだ。力になれなくて、すまない!」

「滝、うまくしたら、天海優子の隠れ家がわかるかもしれないよ」

津上は、情報屋の小寺に頼んだことを詳しく喋った。

「その罠に『蒼い旅団』の元ナンバーツゥが嵌まってくれるといいな」

「それを期待しよう」

「ああ。名取さんから、立花殺しの初動捜査情報を得られたのか？」

「情報を流してもらったんだが、たいした手がかりは得られなかったよ。射殺犯はブローニング・アームズBDMで至近距離からシュートしてるから、立花とは面識があったと思われる」

「そうなんだろう。立花は犯人と夜明け前に唐木田の雑木林に入ってるわけだからさ。これは単なる想像なんだが、立花は犯人から口止め料を受け取ることになってたんじゃないのかな？」

「それ、考えられるね。立花はすんなり口止め料を貰えると思って、警戒することなく雑木林の中に入ったんだろう。金を貰うとこを他人（ひと）に見られたくないという心理も働いただろうから、別に訝（いぶか）しくは感じなかったんだと思うよ」

「そうなんだろうな。しかし、何か弱みを知られた犯人はずっと強請られたくなかったんで、殺意を膨らませたにちがいない。津上、加害者の遺留品は？」

「立花の遺体の近くに化学物質をまぶした乾燥植物が点々と落ちてたらしいよ。脱法ハーブだろうな」

「天海優子は裏ビジネスとして、脱法ハーブの卸しをやってた。射殺犯は自分を奮い立たせたくて、立花が来る前に雑木林の中で乾燥植物を燃やし……」

「犯人が怖気を振り払いたくて脱法ハーブの力を借りたいと思ったら、別の場所で化学物質塗れのハーブに火を点けるはずだよ」

「そうか、そうするだろうな。犯行現場に乾燥植物を散らしたら、脱法ハーブの卸しをやってた天海優子が疑われ、実行犯も割り出されてしまう」

「そうだな。天海が立花殺しの首謀者と思わせるため、射殺犯は故意に犯行現場に乾いたハーブを点々と散らして逃走したんだと考えるべきか」

「チャチなトリックだが、少しの間は捜査の目を逸らせるな。その間に、射殺犯は捜査圏外に逃げ込むつもりだったんだろう」

「多分な。小寺さんから電話があったら、おれは罠に引っかかった相手を尾行するつもりなんだ。そいつが身を潜めてる天海と接触するかもしれないじゃないか」

「津上、おれも協力するよ。カルト集団の幹部になりすまして、罠に嵌まった奴に生物化学兵器のサンプルを見せてくれと話を持ちかけてみる」

「すぐにサンプルを見せてやると言って、相手が滝をアジトに案内するとは思えない」

「そうだろうな。後日、ある程度の量のサンプルを持ってくると言って、ひとまず引き揚げていくと思うよ。相手はおれに尾けられることを回避するため、すぐさまアジトに向かうことはないだろう」

「滝が遠のいてから、相手はアジトに向かうだろうな。そうしたら、おれは相手を尾ける」

「その手でいくか」

「おれたちが仕掛けた罠に嵌まった奴が天海優子の手下だったら、元女闘士の隠れ家を突き止められるかもしれない」

「そうだな」

「情報屋から連絡があったら、電話するよ」

「オーケー、おれは待機してる」

滝が先に電話を切った。

津上は、折り畳んだモバイルフォンを所定のポケットに戻した。そのすぐあと、従弟がキャリーカートを引っ張りながら、『クロス』に入ってきた。

キャリーカートには、プラスチック容器が五つも重なっていた。

「大変だったな」

津上はスツールから滑り降りた。隆太を犒い、手早くプラスチック容器をカウンターの上に並べた。

「急いで開店の準備をしますんで、達也さんはのんびりしててくださいよ」

「それじゃ、申し訳ない。人参の皮でも剝くよ」

「料理はほとんど終わってるんで、達也さんはお客さんが来たら、いつものように愚痴を黙って聞いてやってくださいよ」

従弟がそう言い、カウンターの中に入った。

津上は苦く笑って、またスツールに腰を据えた。

2

宮益坂上歩道橋を見上げる。

渋谷駅から、それほど離れていない。津上は目を凝らした。

友人の滝は、歩道橋の真ん中あたりに立っていた。情報屋の小寺に噂を流してもらったのは一昨日だ。今夕、小寺から津上に連絡があった。小寺に寄せられた情報の中で信憑性の高いのは一件だけだった。

ネットの掲示板の『怪盗クラブ』にアクセスすれば、いくつかのダミーの同好会を経て、化学兵器密売組織にたどり着けるという。津上はノートパソコンを開き、早速、アクセスを試みた。

小寺がもたらしてくれた情報は正しかった。津上はカルト集団のリーダーを装って、生物化学兵器である菌毒のトリコセシン・マイコトキシンを大量に買い付けたいという擬似餌を投げた。

すると、先方はすぐさまルアーに喰いついてきた。今夜九時に宮益坂上歩道橋の上で一度会いたいと打診してきた。むろん、快諾した。

こうしてカルト集団のリーダーに化けた滝直人が、化学兵器密売組織のメンバーと落ち合うことになったわけだ。その男は塩小路と名乗ったが、偽名臭い。

とうに約束時間を二十分も過ぎている。塩小路は不審感を募らせ、約束を反故にするつもりなのか。

津上と滝は腕時計型の無線機を装着していた。かすかな受信音が耳に届いた。竜頭がトーク・ボタンになっている。

津上は竜頭を押し込み、腕時計型無線機を顔に近づけた。

――滝、どうした？

――塩小路って男は、罠を看破したんじゃないのかね。約束の時間は九時だからな。

――口を大きく動かすなよ。きっと、塩小路と自称した奴は近くにいるにちがいない。

――それで、こっちの様子をうかがってるのかね？

――そうなんだろうな。滝、相手の男が現われたら、ずっとトーク・ボタンを押しつづけてくれ。

――わかってる。塩小路との商談が済んだら、おれはいったん渋谷駅に向かう。それでレンタカーのカローラに乗り込んで、おまえのＢＭＷを追うよ。塩小路は、車で渋谷に来ると言ってたんだろ？

――ああ。おまえは、カルト集団『幸福の雫』代表者の宗像天心だぞ。

――もっと憶えやすい偽名にしてほしかったね。

――それらしい偽名にしたんだ。もうじき塩小路は姿を見せるだろう。

――待ってみるよ。

交信が中断した。

そのとき、ＢＭＷの数十メートル先に路上駐車中の灰色のアリオンの運転席から三十

二、三の男が降りた。黒っぽいダウンジャケットを着込んでいる。長髪だ。ファッションは野暮ったい。

塩小路なのではないか。男は歩道橋の上を見ながら、大股で坂道を上がってくる。

津上はさりげなくＢＭＷから離れ、歩道橋の向こうまで歩いた。ダウンジャケットの男が歩道橋の階段を駆け上がり、滝に会釈した。塩小路だろう。

津上は踵を返し、坂道を下りはじめた。歩を運びながら、腕時計型無線機の竜頭を押す。

――塩小路です。宗像天心さんですね？

――そうです。お約束の時間は確か九時だったでしょ？

――ええ、すみません。道路が渋滞してたもんですから、遅れてしまったんです。

――ま、いいですよ。

二人の間に沈黙が落ちた。

津上は自分の車に乗り込み、滝たちが口を開くのを待った。

――わたし、不勉強で『幸福の雫』のことをほとんど存じ上げないんですよ。メンバーの方は何人ぐらいいらっしゃるんです？

——約六百人と少数ですが、文武両道に秀でた者が多いんです。自給自足の集団生活を長野県の山中でしてるんですよ。わたしたちは万物に神が宿ってると信じてますが、決して狂信的なグループではありません。

——あなたは財閥の御曹司だとか？

——ええ、まあ。二人の兄は曾祖父が築いたコンツェルンの傘下企業の経営に携わってますが、ぼくは金儲けには関心ありません。祖父母と父から生前贈与された有価証券や不動産が二百億円近くありますんで、働く必要がないんです。

——大変な資産家なんだな。

——ぼくは世直しにしか興味がないんですよ。この国の舵取りをしてる実力者や側近たちは堕落しきってる。

——わたしも、そう思ってます。誰かが本気で革命を起こさなきゃ、やがて日本は独裁国家に成り下がるでしょう。

——そんなことにはなりませんよ。『幸福の雫』が体を張って、世直しをするんでね。

——ぜひ、そうしてほしいな。

——そろそろ本題に入りたいんだが、ぼくらのグループは志のない政治家、財界人、官僚、闇社会の顔役どもを生物化学兵器で抹殺する気でいるんですよ。

――本気なんですか⁉

――ええ、本気です。数万人を殺せるだけのトリコセシン・マイコトキシンを手に入れたいんですよ。ほかに毒ガスも欲しいな。

――それらは提供できますよ。ただし、大変な量になりますんで、総額では数千万円になるでしょう。

――一億でも、二億でも払います。できるだけ早く生物化学兵器や毒ガスを手に入れたいんです。それから、武器も入手したいな。

――必要でしたら、拳銃、自動小銃、短機関銃（サブマシンガン）、グレネード・ランチャー、ミサイルなんかも調達できます。

――ロケット・ランチャーも入手可能なのか。驚いたな。

――ロシア製の対戦車ロケット弾発射機、英国製の対戦車軽量兵器、米国製の対戦車ミサイル『M47ドラゴン』も仕入れることができます。同じアメリカ製の携行式地対空ミサイル『スティンガー』もご用意できます。なんでしたら、戦車や戦闘機もね。わたしたちは世界中の武器商人とパイプを持ってるんですよ。

――塩小路さんは、ただのアウトローじゃないな。どこかのセクトとつながってそうですね。

——わたしたちは過激派とは無縁ですよ。

——でも、単なる兵器密売組織の一員ではないでしょ？

——反社会グループということになるんでしょうが、イデオロギーで動いてるわけじゃないですよ。

——そうなんですか。

——宗像さん、こんな話はよしましょうよ。お互いに国家権力や体制には与しない立場なんですから、意味ないでしょう？

——そうですね。次にお目にかかるときは、生物化学兵器の猛毒サンプルと毒ガスを見せてほしいな。もしかしたら、トリコセシン・マイコトキシンのサンプルをお持ちいただいてるのかな？

——いいえ、きょうはサンプルの類は持ってきてません。あなたが民間人になりすました公安のイヌという疑いもありましたんでね。

——公安のイヌ？　やっぱり、塩小路さんは過激派のメンバーっぽいな。所属してるセクトは『革新同盟』か『赤い戦士』なのかな？　それとも、『蒼い旅団』と関わりがあるんだろうか。あれっ、なんか焦ってるようだな。図星だったんでしょ？

——わたしは、どのセクトともつながりなんかありませんよ。大学生のころにデモに参加したことはありますが、過激派とは無関係です。

――塩小路さん、そうむきにならないでください。ぼくは、あなたがどこかのセクトのメンバーかシンパだとしても、別に身構えたりしませんよ。それどころか、ある種の仲間意識を持ちますね。

――本当ですか。

――方法論は異なっても、あなたもぼくも腐った社会を少しでもよくしたいと願ってることは同じなんだろうから。

――わたしたちは金の魔力に負けて、法律に触れるようなビジネスをしてるわけじゃないんですよ。ある目的のため、あえて手を汚してるわけです。

――セクトの闘争資金を捻出してるんでしょ？　あるいは、カンパしてるんだろうな。

――ち、ちがいます。別の目的があって、危いことをやってるんです。具体的なことを宗像さんに喋ることはできませんけどね。

――塩小路さん、もういいですよ。これ以上、詮索しません。それより、いつサンプルを見せてもらえます？　できるだけ早くオーダーを出したいんですよ。

――明後日の同時刻にここで会いましょう。そのとき、生物化学兵器や毒ガスの見本をお見せしますよ。武器の現物を持ってくるわけにいかないんで、写真カタログと取扱説明書を持参しましょう。

──了解です。次に会ったときに注文します。なんでしたら、代金の二、三割を前払いしてもかまいませんよ。

──百万円の申込金を用意していただければ、それで結構です。

──では、そういうことで。ぼく、渋谷駅に行きますんで、ここで失礼します。

突然、音声が途絶えた。

滝が腕時計型無線機の竜頭から指を離したのだろう。津上は窓の外を見た。

歩道橋の階段を下った滝が宮益坂を急ぎ足で歩いている。ＪＲ渋谷駅に向かうと見せかけ、途中でレンタカーに乗り込むはずだ。

二分も過ぎないうちに、塩小路が歩道橋の階段を駆け降りてきた。そのままアリオンの運転席に乗り込み、すぐ発進させた。

津上もＢＭＷを走らせはじめた。アリオンは青山通りを直進し、そのまま玉川通りに入った。

津上は片手をステアリングから離し、無線機のトーク・ボタンを押した。

──滝、応答してくれ。

――塩小路の車は、どっち方面に向かってる？

――玉川通りに入って、三宿方向に走ってるよ。車のナンバーは読み取れてないんだが、おそらく盗難車を乗り回してるんだと思う。

――そうだろうな。そうじゃないとしたら、偽造ナンバープレートに掛け換えたんじゃないか？

――どっちかだろうな。どうせ自称塩小路を締め上げるんだから、ナンバー照会は省略してもいいだろう。滝、おれの車を見失うなよ。

――すぐにBMWを見つけて、尻にくっついていく。

　滝の声が沈黙した。津上は運転に専念しはじめた。

　アリオンは道なりに走り、瀬田から環八に入って第三京浜の下り線に入った。いつの間にか、滝のカローラは津上の車の数台後ろを走っていた。

　アリオンは横浜市保土ヶ谷を抜け、横浜横須賀道路をひた走りに走っている。三浦半島のどこかに天海優子は非合法ビジネスの新アジトを用意してあったのか。

　津上は、そう考えた自分を密かに窘めた。塩小路と称している長髪の男が天海優子の息のかかった者と確認したわけではない。思い込みは禁物だ。自分を戒める。

アリオンは佐原IC(さはらインターチェンジ)で一般道に下(お)り、京急長沢(けいきゅうながさわ)駅の手前の脇道に入った。百数十メートル先のワンルーム・マンションの専用駐車場に滑り込む。

津上はワンルーム・マンションの四、五十メートル先でBMWを民家の生垣(いけがき)に寄せ、そっと運転席から離れた。滝のレンタカーは、ワンルーム・マンションの反対側のガードレールに寄せられていた。

津上はワンルーム・マンションの前に引き返した。ちょうど塩小路が一〇一号室のドアを後ろ手に閉めたところだった。どうやら独り暮らしをしているらしい。

一階の角部屋だ。部屋の主が驚きの声をあげても、せいぜい一〇二号室の居住者にしか聞こえないだろう。

滝がカローラから降り、抜き足で近づいてきた。

「例の奴は、どの部屋に入った?」

「一〇一号室だよ。同居してる者はいないようだ」

「なら、二人で部屋に押し入るか」

「滝はレンタカーの中で待機しててくれ。何かあったら、腕時計型無線機のトーク・ボタンを押す」

「しかし、塩小路が物騒な物を持ってたら、危ないじゃないか。民間人になった津上は、もう拳銃も特殊警棒も携行してないんだ。おれも一緒に行くよ。宅配便の配達人に化けるには、もう時間が遅いな。隣人を装うか」

「おれにいい考えがある。おまえはカローラの中で待機しててくれないか。二人で一〇一号室に押し入ったら、居住者に一一〇番されかねないからな」

「そうだな。わかったよ。それじゃ、おれはカローラの中にいる。塩小路が暴れたら、すぐ呼んでくれ」

「ああ、そうするよ」

津上は体をターンさせ、自分の車に戻った。グローブボックスを開け、タオルにくるんだロシア製の拳銃を取り出す。

箱崎組の戸張から、奪い取ったバイカルMP448スキッフだ。マガジン・クリップにはフル装弾してあった。

アイスピックやブーメランをちらつかせれば、塩小路を竦ませることはできるだろう。しかし、怯えさせるまでは少し時間がかかりそうだ。真正拳銃を見たら、長髪の男は恐怖に取り憑かれるにちがいない。

津上はハンドガンをベルトの下に差し入れ、ふたたび車の外に出た。歩きながら、両手に布手袋を嵌める。サングラスもかけた。

じきに津上は一〇一号室に達した。

ドアに耳を寄せる。テレビの音声が聞こえてきた。室内が静かでないほうが、何かと都合がいい。


津上はインターフォンを鳴らし、ドア・スコープの死角になる場所に素早く移った。

ややあって、スピーカーから塩小路の声が流れてきた。

「どなたでしょう？」

「一〇五号室を借りてる者の身内なんですが……」

「山口さんの親類の方なんですね？」

「そうです。田舎から特産品を持ってきたんですが、とても食べきれないと言うもんだから、一階のみなさんにも召し上がっていただこうと思ってね」

「そうなんですか。せっかくですから、ご馳走になります」

「夜分にすみませんね」

津上は少し退がって、ロシア製の拳銃を引き抜いた。逸る気持ちを鎮める。

一〇一号室のドアが開けられた。津上は無言で玄関に躍り込んだ。

塩小路が後ずさる。ダウンジャケットは脱いでいたが、渋谷にいたときと同じ服装だった。

「だ、誰なんだ!?」

「最初に言っとくが、こいつはモデルガンじゃないぜ」

津上は、バイカルMP448スキッフのスライドを引いた。初弾が薬室に送り込まれた。あとは引き金を絞るだけで、銃弾が発射される。

「ハンドガンを持ってるけど、やくざじゃなさそうだな」

「生物化学兵器の密売をする前はハジムとかいうパキスタン人から銃器を仕入れて、過激派の各セクトやカルト集団に転売してたんだろ？　奥に拳銃を隠してあるんだったら、取ってこいよ。おれは撃ち合ってもいいんだぜ」

「ここには、危ない物は何も……」

「武器商人から買い付けた銃器や生物化学兵器は、別の所に保管してあるわけか。撃ち合う気がないんだったら、玄関マットの上に這ってもらおうか」

「この部屋に押し入った理由を教えてくれないか」

「いいから、言われた通りにするんだっ」

「わ、わかったよ」

塩小路が命令に従った。血の気がなかった。

「ドアの横のネームプレートには、早川と書かれてたな。それが、そっちの本名なんだろう？」

「それは……」

「答えになってないな。一発、お見舞いしてやるか」

「やめろ、撃たないでくれ。早川力っていうんだ」

「なぜ塩小路なんて偽名を使う必要がある？」

「官憲に目をつけられたくなかったんだ」

「そっちは天海優子の配下で、いろいろダーティー・ビジネスをやってる。非合法ビジネスの儲けは『蒼い旅団』にカンパされてるんだろ？　天海は服役時から転向したような振りをしてたが、いまも所属セクトとは縁が切れてない。そうなんだよな！」

津上は銃口を相手の頭部に突きつけた。

「銃口を離してくれーっ。逃げたり、逆らったりしない。だから、わたしに銃口を向けないでくれ」

「ちゃんと答えたら、そうしてやろう。『陽の恵み』のオーナーは故買ビジネス、売春クラブ、海外逃亡の手助け、合成麻薬の密造、銃器や生物化学兵器の密売、脱法ハーブの卸しなんかで荒稼ぎしてたんだろ？」

「そのことは否定しないよ。しかし、天海さんは金の亡者なんかじゃない。この国の歪みを正すための軍資金を必死になって捻出してたんだ」

「本庁公安一課の立花正樹は天海優子のダーティー・ビジネスのことをネタにして、口止め料を脅し取ってた。そのうち新宿署の田村って刑事にも立花と同じように恐喝されるようになった」

「……………」

「二人の悪徳刑事をマークしてた本庁の主任監察官も天海優子の裏ビジネスを知ったと考えられる。去年の十二月から逸見主任監察官、田村、立花の三人の警察官が殺害された。天海優子は、その被害者たちに裏ビジネスのことを知られてた。つまり、殺人動機はあるわけだ」

津上は一応、鎌をかけてみた。優子はクロではないと考えていたが、確かめずにはいられなかった。

「天海さんは誰も殺らせてない。口止め料を何度も要求してた立花と田村をわたしたちが始末すると提案したのに、最後まで同意しなかったんだ。悪徳刑事たちをマークしてた逸見という主任監察官に裏仕事のことを嗅ぎ当てられたようだと焦ってたけど、わたしたちに始末してくれとは言わなかった。犯罪のプロに頼んだ様子もうかがえなかった。本当の話なんだ」

「天海優子が連続警官殺しにまったく関わってないとしたら、彼女は何者かに一連の事件の首謀者に仕立てられそうになったんだな」

「いったい誰がそんな卑劣なことをしたんだっ」

「心当たりは?」

「特にないが、六本木と赤坂を根城にしてる半グレ集団の『荒武者』の奴らが『陽の恵み』を覗き込んだり、天海さんの自宅周辺に姿を見せてたらしい」

早川が口を結んだ。

『荒武者』は関東の暴走族チームの総長を務めた暴れん坊たちで構成されたアウトロー集団で、とにかく荒っぽい。組長クラスのやくざや外国人マフィアのボスを平気で半殺しにしてしまう狂犬集団だ。

リーダーの須磨潤一は三十五歳で、超大物右翼の碓井俊太郎の番犬と噂されている。『荒武者』が天海優子の非合法ビジネスに加わろうとして、トラブルになったのか。あるいは、八十歳の大物右翼が優子と揉め事を起こしていたのだろうか。

「天海優子はどこに潜伏してるんだ? 知らないとは言わせないぞ」

「知らないんだ」

「一発目は急所を外してやろう」

津上は、銃口を早川の右の肩口に移した。

「撃たないでくれーっ。天海さんは、小網代湾の近くにある知人のアトリエにいるんだ。画家のセカンドハウスなんだけど、持ち主の老夫婦は海外旅行中らしいんだよ」

「おれをその家に案内してもらおうか」

「天海さんをどうする気なんだ？」

「荒っぽいことはしない。彼女が誰とトラブルを起こしたか知りたいだけだよ。その相手が三人の警官を殺したかもしれないからな。立て、立つんだ！」

「わかった。天海さんの隠れ家に案内するよ」

早川が起き上がった。

津上は早川を部屋から引きずり出し、ＢＭＷまで歩かせた。早川を拳銃で威嚇し、運転席に坐らせる。

「早川に天海優子の隠れ家に案内させる。カローラで従いてきてくれ」

津上は腕時計型無線機で滝に告げ、ＢＭＷの助手席に乗り込んだ。銃口を早川に向け、目顔で促す。

早川がＢＭＷを走らせはじめた。住宅街を抜け、海沿いの県道に出た。車は金田湾に沿って進み、引橋交差点から小網代湾方面に向かった。

同湾は入江のような形状で、波はほとんど立たない。相模(さがみ)湾に面している。

早川は、小さな湾を見下ろす丘に建つ洋館の車寄せの端にＢＭＷを停めた。ポーチの照明は灯(とも)っている。館の中の電灯も点いていた。先に車を降りた早川がドアのノッカーを鳴らす。

だが、応答はなかった。

「天海さん、入浴中みたいだな」

「ちょっと入らせてもらおう」

津上は肩で早川を押しやり、ピッキング道具を使ってドア・ロックを解いた。

「おたく、何者なんだ⁉」

早川が声を裏返らせた。

津上は黙殺して、洋館に足を踏み入れた。広い玄関ホールの左手に大広間(サロン)があった。

サロンの出入口のそばに、白い大きなピレネー犬が横たわっていた。その太い首には、黒い樹脂製の結束紐(けっそくひも)が喰い込んでいる。大型犬は舌をだらりと垂らし、息絶えていた。タイラップという商品名で売られている結束紐で絞殺されたのだろう。尿失禁していた。

奥のシャンデリアから垂れたロープには、人間がぶら下がっていた。

なんと天海優子だった。ほぼ真下には、椅子が置かれている。その横のカーペットの上に遺書らしい物が見えた。

津上は紙片を拾い上げ、パソコンで打たれた文字を追った。

警視庁の逸見主任監察官、新宿署の田村刑事、本庁公安一課の立花刑事の三人を裏サイトで見つけた殺し屋に始末させたのはわたしです。わたしはある目的があって、非合法な手段で多額の裏収入を得ていました。

その秘密を三人の警察官に嗅ぎ当てられ、パニックに陥ってしまいました。身の破滅を恐れ、わたしは第三者に彼らの口を封じてもらったのです。

冷静さを取り戻して、ようやく罪の大きさに気づかされました。自分の命を差し出したからといって、償い切れないことは承知しています。

しかし、わたしにはこんな形でしか謝罪できません。愛犬を道連れにする気はなかったのですが、独りぼっちにするのは不憫に思えたわけです。

多くの方々にご迷惑をかけて申し訳なく思っています。どうかご容赦ください。

天海優子

津上は遺書を元の場所に置き、すぐに合掌した。

おそらく故人は、自殺に見せかけて吊るされたのだろう。目立たない箇所に麻酔注射をうたれ、昏睡中に首にロープの輪を掛けられたのではないか。そうではなく、麻酔溶液を染み込ませた布を口許に押し当てられて意識を失ったのだろうか。

「天海さんが自殺するなんて考えられない。誰かに殺されたんですよ。みんな、天海さんを姉貴か母親のように慕ってたのに……」

早川が泣き崩れた。

そのとき、滝が大広間に入ってきた。短く呻いたきり、棒立ちになった。

「天海優子を自殺したように見せかけて葬った奴が、一連の事件の犯人だな。遺留品のチェックをしたら、おれたちは消えよう」

津上は滝に言って、足許に目を落とした。

3

昼間の酒場はどことなく物悲しい。

祭りの後の寂しさに似た空気が『クロス』に漂っていた。午後三時数分前だ。

津上はスツールに腰かけ、自分で淹れたコーヒーを啜っていた。ブラックのままだった。

前夜、天海優子が死んだ翌日である。

留品と思われる物は何も見つからなかった。

前夜、津上は滝と洋館の大広間、玄関ホール、ポーチをよく検べた。しかし、犯人の遺留品と思われる物は何も見つからなかった。

早川はサロンの床に坐り込んで、放心していた。津上たち二人は早川をそのままにして、洋館から遠のいた。

今朝のテレビ・ニュースで、天海優子の死は短く報じられた。変死と伝えられただけで、詳報は流されなかった。一一〇番したのは早川だろう。

津上は、正午前に半田刑事部長に電話で昨夜の出来事を報告した。そして警察庁刑事局経由で、神奈川県警から初動捜査情報を引き出してほしいと頼んだ。

昔から警視庁と神奈川県警はライバル視し合っていた。津上は、半田に借りを作らせたくなかったのだ。警察庁から情報を貰う形を取れば、別に警視庁は神奈川県警に借りを作ったことにはならない。

半田は、午後三時に『クロス』に来ることになっていた。煙草に火を点けようとしたとき、店のドアが開いた。来訪者は刑事部長だった。

「わざわざご足労いただきまして、すみません」

津上はスツールから離れ、カウンターの中に入った。マグカップにコーヒーを注ぐ。

「天海優子は津上君が推測した通り、縛り首にされたんだよ。司法解剖で、体内からチアミラール・ナトリウムが検出されたそうだ」

「それは、チオペンタール・ナトリウムと同じぐらい知られた麻酔薬ですよね？」

「そう。塩酸ケタミンも液体注射剤として知られてるが、全身麻酔薬としてチオペンタール・ナトリウムとチアミラール・ナトリウムのどちらかが多く使用されてる。自殺ではなく、他殺であることは間違いない」

半田が書類袋をカウンターに置いてから、止まり木に腰かけた。

「注射痕はどこに？」

「後頭下部の髪の毛の中に注射針を突き立てられてたんだよ。被害者は昏睡して間もなく、ロープの輪を首に掛けられ、シャンデリアの固定金具のフックに吊るされたんだろう。ロープや遺書には被害者の指紋や掌紋が付着してたらしい。それから、ピレネー犬の首に喰い込んでた結束紐にもね。犯人が偽装したんだが、チアミラール・ナトリウムが検出されてるんだから、そんな細工は通用しない」

「そうですね。どうぞ！」

津上はマグカップを半田の前に置いた。

「ありがとう。現場の洋館には防犯カメラは設置されてないんだが、所轄の三崎(みさき)署が近所から借りた防犯カメラの録画には黒いフェイスマスクを被った大柄な男が死亡推定時刻帯に現場の前の通りを歩行してる姿が鮮明に映ってたそうだ」

「そいつが犯人(タマ)でしょう」

「画像解析の結果、『荒武者』の幹部の荻雅士(おぎまさし)、三十二歳と判明した。荻には傷害と恐喝の前科(マエ)がある」

「当然、所轄署は荻に任意同行(ニンドウ)を求めたんでしょ？」

「それが、どうも荻は犯行後に高飛(ジャンプ)びしたらしいんだ。昨夜(ゆうべ)から赤坂七丁目の自宅マンションにも、愛人(レコ)の家(ヤサ)にもいないらしいんだよ」

「なら、飛んだんでしょう」

「本庁(うち)の組対四課から『荒武者』に関する情報を担当理事官に集めさせたんだが、恐るべき犯罪者グループだな」

「そうみたいですね」

「半グレ集団の多くは広域暴力団と協力関係にあるが、『荒武者』はどんな組織ともつながってない。それどころか、やくざや不良外国人たちを目の敵(かたき)にしてる。自分らに逆らう悪党(ワル)どもは誰かれなく袋(フクロ)叩きにして、組長の情婦(いろ)たちも寝盗(ねと)ってる」

「正業に就いてる奴は少ないんでしょ？」

「下っ端の連中は飲食店やビリヤード屋で働いてるが、準幹部以上の者は盗難高級外車のバイヤー、架空口座の売人、プレミア・グッズの仕入人、白バスの手配師、産廃ブローカー、輪姦セッティング屋、個人情報漏洩屋、地下げ屋、倒産整理屋、リストラ請負人、美人局屋、ヤラセ盗撮屋、3Pサークル運営、ヤミ金融、当たり屋、私刑屋、バイク窃盗屋なんかで喰ってる」

「リーダーの須磨潤一は、大物右翼の碓井俊太郎に目をかけられてるんでしょ？」

「そうなんだ。須磨は暴走族の総長時代に行動右翼と喧嘩を起こしたとき、一歩も引かなかったようなんだよ。それで相手が須磨のことを気に入って、碓井に引き合わせたらしいんだ」

「右翼大物にも須磨は気に入られて、ボディーガードのひとりを務めてるわけか。いつも碓井に寄り添ってるんですかね？」

「いや、ふだんは護衛してるわけじゃないようだ。しかし、大事なときには番犬を務めてるみたいだな」

「碓井は保守系政党の重鎮たちと親交を深めてるし、裏社会の首領ともつながりがある。一部の警察官僚や検察庁高官ともゴルフをする仲です。だから、須磨はやりたい放題なんでしょう」

「その須磨と碓井俊太郎の個人情報も手に入れたよ」

半田が書類袋から捜査資料を取り出した。二人の顔写真付きのデータは六枚もあった。それぞれの自宅やオフィスの住所が記され、身内の職業なども書かれていた。愛人の名前と自宅の所在地も明記されている。

「『荒武者』の荻って奴が天海優子の偽遺書を用意して、縛り首にしたと思われますが、わざわざ三人の警官殺しに触れてるということは……」

「津上君が言いたいことはわかるよ。一連の事件に須磨が率いる半グレ集団が関わってることは間違いないだろう」

半田が言って、マグカップに口をつけた。

「右翼の親玉は領土問題で中国や韓国の主張に腹を立て、右寄りの月刊誌に外交面で弱腰だった政権を批判する原稿を繰り返し寄せてましたよね？」

「そうだったな。碓井は『荒武者』の連中を唆して、恐喝をやらせたんだろうか。裏ビジネスで荒稼ぎしてた天海の儲けを横奪りさせたんではないのかね。そうした悪事を新宿署の田村と本庁公安一課の立花に知られたんで、二人を半グレ集団に片づけさせたとは考えられないか？」

「その前に逸見は撲殺されてるんですよね」

「そうだな。わたしの推測通りなら、逸見警部は田村と立花が殺られた後に命を狙われるだろうね」

「そう思います。仮に碓井が腹いせに中国大使館や韓国大使館を襲撃させる気になったとしても、その報酬のために天海から汚れた金を奪わなくても……」

「碓井は五つの会社の会長を務めてて、金には不自由してないはずだ。『荒武者』を使って中国や韓国に何か腹いせはしないか」

「と思います」

「そうなると、半グレ集団は単独で逸見警部、田村、立花、天海優子の四人を殺害したんだろうか」

「四人の被害者に『荒武者』が何か恨みを持ってたとは思えません。半グレ集団を後ろで動かした人間がいるんでしょう、碓井ではなくね」

「そうなのかもしれないな。津上君、須磨潤一の動きを探ってみてくれないか」

「わかりました」

「相手は捨て身で生きてる凶暴な奴だ。きみに万が一のことがあるといけないから、非公式にSPを護衛に付けてもいいが……」

「そのＳＰが非公式極秘捜査のことを他言する心配はないと思いますが、大事を取るべきでしょう」

「しかし、須磨は組員たちを震え上がらせるような凶暴な男なんだよ。心配だな」

「危うくなったら、尻に帆を掛けて逃げますよ」

「そうしてくれないか」

「刑事部長、神奈川県警はもう緊急配備を敷いたんでしょ？」

「ああ。だが、荻が検問に引っかかるかどうかね。とうに首都圏からは脱出してるんじゃないのかな」

「でしょうね。殺人の物証が得られたら、すぐ全国指名手配になるんでしょうが、それで荻が捕まるとは限りません」

「そうだな。組員じゃないが、やくざ以上に悪知恵が働きそうだからね」

「ええ」

「津上君、逸見警部の奥さんからは何も手がかりを得られなかったということだったが、その後、夫人が何か思い出した様子はないんだろうか」

「逸見が亡くなってから、三度ほど奥さんに会って、遺品もすべて見せてもらいました。ですが、事件と結びつくような物は何も見つからなかったんですよ」

「そうなら、奥さんを訪ねても意味ないか。なんだかもどかしいな。捜査本部の連中は足踏み状態だから、きみが頼りなんだ」

「もう少し時間をください。須磨潤一をマークしてれば、何かが透けてくるでしょう」

津上は言った。

半田が小さく顎を引き、コーヒーを飲んだ。津上は煙草に火を点け、深く喫いつけた。

そのとき、懐で携帯電話が鳴った。津上はモバイルフォンを摑み出し、ディスプレイに目を落とした。電話をかけてきたのは、友香梨だった。

「津上君、わたしに遠慮しないで、電話に出てもいいんだよ」

「おふくろからの電話なんです。たまには実家に顔を出せってことなんでしょう」

「実家は都内にあるんだから、ちょくちょく顔を出してやれよ。わたしの実家は四国なんで、母が長期入院中に二度しか見舞いに行けなかった。まさか翌年に亡くなるとは思ってなかったんで、すごく後悔したもんだよ。コーヒー、ご馳走さま！」

半田がスツールから滑り降り、店から出ていった。

津上は捜査資料を書類袋に入れ、友香梨に電話をかけた。スリーコールの途中で、電話がつながった。

「電話くれたんだな。いま、気がついたんだ。ごめん！」

「うん、いいの。天海優子が知人のセカンドハウスで、自殺に見せかけて殺されたみたいね」

「実は、第一発見者はおれなんだよ」

「えっ、そうなの!?」

友香梨が驚きの声を発した。

津上は前夜の経緯を語った。さらに半田から聞いた初動捜査情報も明かした。むろん、情報源が刑事部長であることは口にしなかった。

「そういうことなら、『荒武者』の荻って男の犯行なんでしょうね。半グレ集団は天海優子が裏ビジネスでがっぽり儲けてることを嗅ぎつけ、おいしい仕事を横奪りしようとしたんじゃないかしら？　あるいは、汚れた金の半分を口止め料として寄越せと脅迫したんじゃない？」

「だが、元女闘士は脅迫に屈しなかった？」

「ええ。それで、自殺したと見せかけて殺されたのかもしれないわよ」

「偽の遺書の内容から察すると、天海優子を殺った犯人は逸見、田村、立花の三人も始末したと考えられるんだ」

「あっ、そうだったわね。立花は天海優子をたびたび強請って、そのことを新宿署の田村に知られ、口止め料をせびられたんでしょ？」

「そう。欲の深い田村は立花にたかるだけではなく、天海からも口止め料を毟ってたようなんだ」

「そんな二人の悪徳刑事は、ただのハイエナよね。そういう小悪党を『荒武者』が始末したとしたら、何か致命的な弱みを知られたんじゃない？　『荒武者』は誰かと共謀して、とんでもないことをしてたんじゃないのかな。つるんでるのは、無法者なんかじゃなく……」

「まともな人物なんではないかって推測したんだな？」

「ええ。少なくとも、表向きは堅気なんでしょう。いわゆる外道なんかじゃなく、それなりに社会的地位もある者なんじゃないのかな。名士とか有力者というほどではなくても、ある程度は社会的な信用がある人物なんでしょう」

「最初に殺されたのは、主任監察官の逸見だった。逸見は悪さをしてる田村と立花をマークしてて、天海優子の裏ビジネスを知った。その優子は『荒武者』に脅迫されてたと思われる」

「達也さん、須磨潤一を使って何か悪事を働いてるのは、警察関係者なのかもしれないわよ」

友香梨は何かに思い当たったらしく、声のトーンを高めた。津上は次の言葉を待った。

「最初に殺された逸見さんは、『荒武者』のリーダーの須磨潤一を操ってる黒幕が顔見知りの警察関係者と見抜いたとは考えられない？」

「友香梨、いいことに気づいてくれた。そうだったんだろうな。だから、須磨のバックにいる人物は真っ先に逸見を消さなければならなかった。田村や立花は小悪党だったし、恐喝を重ねてた。天海優子もダーティー・ビジネスに励んでたわけだから、『荒武者』の奴らに強請られても、警察に駆け込むことはできない」

「そうね。犯罪を堂々と暴ける立場にいるのは、逸見さんだけだったわけよ。だから、須磨と組んでダーティーなことをやってた警察関係者は『荒武者』のメンバーか流れ者に大型バールで逸見さんを撲殺させたんじゃないのかしら？」

「大筋は、そんなとこなんだろう。須磨をマークしてれば、必ず首謀者と接触すると思うよ。友香梨、ヒントを与えてくれて、サンキュー！　事件が落着したら、ケリーバッグは無理だが、国産の高級品をプレゼントするよ」

「品物は欲しくないわ。その代わり、ベッドでお礼をして。うふふ」

「お安いご用だ」

津上は笑いを含んだ声で言って、終了キーを押した。

ほとんど同時に、着信音が響いた。発信者は滝直人だった。

「きのうの夜は、予想外の展開になったな。早川が姿を消す前に一一〇番してくれたようで、天海優子の遺体は発見されることになった。津上とおれは一一〇番しにくい事情があるんで、気になってたんだ」

「こっちも同じだよ。昔の職場の人間から昨夜の事件の初動捜査情報を得たんだ」

津上はそう前置きして、半田刑事部長から教えられたことを滝に伝えた。

「天海優子を自殺に見せかけて殺害したのは、『荒武者』の荻って男なんだろう。その半グレ集団のことで、同業の犯罪ジャーナリストから気になる情報を仕入れたんだよ」

「そうか」

「リーダーの須磨潤一は、懲戒免職になった複数の元警察官とサウナとか会員制クラブでちょくちょく接触してるらしいんだ」

「確かに、気になる話だな。元警察官たちのことはもうわかってるのか？」

「まだ取材中なんで、詳しいことは教えてくれなかったんだよ。スクープ種を横奪りされたくないんだろうな。その同業ライターによると、謎の集団が脛に傷を持つ犯罪者や大口脱税者の弱みにつけ込んで、丸裸にしてるらしいんだ。麻薬や銃器の密売をしてる組関係者はもちろん、各種の投資詐欺をやってる奴、大口脱税常習者、汚職に絡んだ官僚や商社、児童ポルノにハマった教職者なんかの預金や不動産をぶったくってるんだってさ」

「滝、これから赤坂の店に来てくれないか。須磨に張りつくつもりなんだが、同じ車でずっと張り込んだり尾行してたら、相手に覚られやすいからさ」

「おれと交代で張り込んだり、尾行したいわけだな？」

「そうなんだ」

「まだレンタカーを返してないから、カローラで赤坂に向かうよ」

滝が早口で言って、通話を切り上げた。

津上はカウンターを出ると、スツールに腰を下ろした。

4

陽が大きく傾いた。

張り込んで三日目だった。

津上はＢＭＷから、『広尾タワーマンション』のアプローチに目を注いでいた。まだ五時前だった。

ＢＭＷの数十メートル後方には、レンタカーのカローラが路上駐車中だ。一昨日の正午前から、津上は滝とともに『荒武者』のリーダーの動きを探っていた。

須磨潤一は夜行型の人間だった。彼が借りている一〇〇五号室から出てくるのは、いつも六時過ぎだった。

須磨は一昨日の午後六時半ごろに白いロールスロイスで高級賃貸マンションを後にすると、目黒区青葉台にある碓井俊太郎の邸宅に直行した。

碓井邸は防犯カメラだらけで、津上たちは近づけなかった。

ロールスロイスが碓井邸から滑り出てきたのは八時過ぎだった。須磨は六本木七丁目にあるクラブに直行し、VIPルームで『荒武者』の大幹部たち三人と高いシャンパンを何本も空けた。

津上たちは客になりすまし、同じ店に入った。頃合を計ってトイレに立つ振りをして、二人は交互にVIPルームの壁に〝コンクリート・マイク〟を押し当てた。

須磨は仲間やホステスたちと軽口をたたき合うだけで、ダーティー・ビジネスに関することは何も喋らなかった。当然か。

須磨はクラブを十一時過ぎに出ると、二人の部下をロールスロイスに乗せて西麻布のダイニング・バーに移った。

落ち着いたのは、奥の個室だった。例によって、津上は人目を盗んでコンパートメントの壁に高性能な集音マイクを吸着させた。

須磨は、二人の幹部たちの報告を受けている。友人の滝が同業のフリージャーナリストから聞いた話は単なる噂ではなかった。『荒武者』のメンバーたちは、疚しいことをしている犯罪者たちを威し、全財産を毟っていた。

しかし、彼らが恐喝材料を見つけているわけではなさそうだ。共謀者が恐喝材料を提供しているのだろう。半グレ集団は脅迫役を受け持っているにちがいない。

午前二時に仲間と別れた須磨は元レースクイーンの二十六歳の愛人の自宅マンションに行き、そのまま泊まった。愛人のマンションは代官山にある。

須磨は翌日の正午前に自宅に戻り、きのうの夜は赤坂のワインバーとカラオケで仲間たちと陽気に騒いだ。日付が変わってから広尾の自宅に戻り、一度も外出していない。

腕時計型無線機がかすかな雑音を発した。

津上はトークボタンを押した。

――滝、焦れてきたのか？

――そういうわけじゃないんだ。一昨日と昨夜、須磨は仲間たちと喋ってても、逃亡中の荻のことにはまるで触れなかったよな？

――ああ、そうだったな。

――荻はリーダーの指示で、天海優子を自殺に見せかけて始末したのかね。もしかしたら、『荒武者』のバックにいる黒幕が意図的に荻に洋館周辺を歩かせただけなんじゃないのか。

――つまり、黒幕というか、共犯者は須磨には内緒で荻雅士に天海優子の口を塞がせたんではないのかってことだな？

――そう。須磨が荻に天海優子殺しを命じたんなら、実行犯がうまく高飛びできたかどうか、仲間うちで話題になりそうじゃないか。津上、変だと思わない？　須磨は、それほど荻のことを気にかけてる感じじゃなかっただろう？

――そんな感じだったな。須磨は絶対に見つからない所に荻を匿ってるんで、安心しきってるんだろうか。

――だとしても、荻のことをちょっとぐらい口にしそうだがな。

――滝の言う通りだね。須磨だけじゃなく、同席してた幹部たちも荻のことは心配してない様子だった。

――そうなんだよな。おれはそのことが妙に気になってきたんで、コールしたんだよ。

――そうか。滝、こうは考えられないかな？　荻雅士は天海優子殺しの実行犯じゃなかった。犯人と思わせるため、フェイスマスクを被って被害者の死亡推定時刻にわざと洋館の前を歩いてた。

——要するに、犯人のダミーだったんじゃないかってわけだな？

——そうなのかもしれないぜ。夜とはいえ、フェイスマスクで顔を隠して道を歩いてるのは不自然じゃないか。犯人が洋館の敷地に入ってから、フェイスマスクを被るなら、わかるがな。

——津上、荻はダミーだったんだよ。

——そうだとしたら、逸見、田村、立花、天海優子を葬ったのは『荒武者』のメンバーではなさそうだな。須磨たちに恐喝材料を提供してた共謀者が四人を始末したのかもしれないぞ。須磨は複数の元警察官と人目のない場所で会ってたという話だったよな？

——同業のライターの情報は虚偽なんかじゃないと思うよ。そうか、元警察官が『荒武者』に恐喝材料を教えて、法律を破ってる連中の財産をそっくり吐き出させたのかもしれないな。

——かつて警官だった人間なら、捜査の裏をかくことは可能だろう。完全犯罪は無理でも、犯行の発覚を遅らせることは可能だし、偽装工作も思いつくはずだ。

——一連の事件の首謀者が元警察関係者だと突き止めたんで、逸見警部は消されてしまったんだろうな。

——そう考えてもよさそうだ。その黒幕は田村と立花が恐喝を重ねてることを『荒武者』のリーダーに教え、二人を丸裸にさせようとしたんじゃないのかな。しかし、どっちも強かな人間だったから、須磨のバックにいるのが元警察関係者であることを嗅ぎ当て、逆に口止め料を要求したんだろう。

——だから、田村と立花は始末されてしまったのか。

——そうだったんだろうな。裏ビジネスで荒稼ぎしてた天海優子はそのことを元警察関係者に知られたにちがいないよ。それだから、『荒武者』のメンバーが『陽の恵み』や優子の自宅周辺をうろついてたんだろう。

——元女闘士は半グレ集団の威しを撥ねつけ、須磨を動かしてるのが元警察関係者だと調べ上げた。だから、自殺に見せかけて殺されてしまったわけか。

——読み筋は、おおむね正しいと思うよ。須磨をしぶとくマークしてれば、元警察官の誰かと接触するだろう。

——須磨が早く共犯者と接触することを祈りたいね。

——滝は刑事にはなれないな。現職のころ、おれは二カ月以上も被疑者をずっと張り込んだことがある。張り込みは忍耐なんだよ。

——そうなんだろうな。

──捜査対象者が何かボロを出すまで、ひたすら待つ。待つことがもどかしくなったら、何か失敗(ドジ)を踏むことになる。愚鈍(ぐどん)なまでに待ちつづけてれば、たいがい何らかの成果を得られるんだ。

──犯罪ジャーナリストも、それを心掛けないとな。証拠不十分で不起訴処分になっても、マークされてた容疑者が真犯人だった事例があるからね。それから、事件関係者の証言が事実とは限らない。

──人間は思惑(おもわく)や打算で平気で嘘をつくからな。事件の真相に迫るには、それなりの時間が必要なんだ。

──いい勉強になったよ。

──よせやい。別におまえに偉そうなことを言うつもりはなかったんだ。おれの経験則をちょっと……。

──照れるなって。実際、津上の言った通りだと思うよ。

──そんなことより、本業のほうに支障はないのか。一連の事件の首謀者を割り出すまでもっと時間がかかるかもしれないぞ。

──売れっ子ライターじゃないから、時間的な余裕はあるんだ。原稿料と印税収入はたいしたことないんで、贅沢はできないけどさ。でも、この連続殺人の真相をスクープできたら、少しは金回りがよくなるだろう。

——取材費が足りなくなったら、金を回してやるよ。店の経営は順調なんだ。おれの弔い捜査にそっちを巻き込んでしまったわけだから、取材費をカンパしてもいいな。

——津上、怒るぜ。おれは銭金のために協力してるわけじゃない。おまえほどつき合いは深くなかったが、おれも逸見徹のことは大切な友人のひとりと思ってたんだよ。

——おれが悪かった。つまらないことを言っちまったな。忘れてくれ。須磨のロールスロイスが高層マンションの地下駐車場から出てきたら、前後になりながら……。

——リレー尾行しよう。

滝が交信を打ち切った。

屈託のない口調だった。滝は少し短気だが、いつまでも怒った事柄に拘るタイプではなかった。

津上は背凭れに上体を預けた。数十秒後、半田刑事部長から電話があった。

「須磨に大きな動きはなさそうだね？」

「ええ、まだ。しかし、そのうち何か尻尾を出すでしょう。神奈川県警は、まだ荻雅士の身柄を確保してないんですね？」

「そうみたいだな」

「荻は、天海優子殺しの実行犯ではないのかもしれません」

「それ、どういうことなんだ？」

「犯人の振りをした可能性があるんですよ」

津上は自分の推測を話した。

「そうだとしたら、実行犯は近所の防犯カメラの死角を選んで洋館に忍び込み、犯行に及んだんだろうな。元警察関係者なら、そのくらいのことは考えつくにちがいない。それから、被害者の後頭下部に麻酔注射の針を突き立てることもね」

「ええ」

「ただ、逸見と田村を殺害した犯人は特に偽装工作はしていない。立花の殺害現場には、わざとらしく乾燥植物が遺留されてたがね。そう考えると、一連の殺人事件の実行犯が元警察関係者とは言えないんじゃないのか？」

「そうなんでしょうか」

「おっと、肝心のことが後回しになってしまった。きみに頼まれた件で、担当理事官に組対四課に行ってもらったんだが、『荒武者』のリーダーと元警察官がつき合ってる事実は把握してないそうだよ」

「そうですか」

「もっとも組対四課は広域暴力団担当だから、半グレ集団の動きまではチェックしてないんだろう。『荒武者』はやくざ連中とは距離を置いてるから、グループのことをよく把握してないのかもしれないよ」

「考えられますね」

「何か進展があったら、報告を上げてくれないか」

半田が電話を切った。

津上は煙草に火を点けた。張り込み中は、どうしても喫煙本数が多くなる。少々、喉がいがらっぽい。

時間がゆっくりと流れた。

高層マンションの地下駐車場から見覚えのあるロールスロイスが走り出てきたのは、午後七時半過ぎだった。運転しているのは須磨だ。同乗者はいない。

津上たちはロールスロイスを追尾しはじめた。

今夜も須磨は赤坂か六本木で組織の幹部たちと酒を酌み交わすのか。それとも、代官山の愛人宅に行くのだろうか。

ロールスロイスは数十分走り、意外な場所に停まった。超高級外車が横づけされたのは、金杉橋にある船宿の前だった。

津上たちは、船宿の手前の暗がりにそれぞれ車をパークさせた。すぐにヘッドライトを消し、エンジンも切る。

須磨が車を降り、馴れた足取りで船宿に入っていった。

夜釣りをする気なのか。だが、スーツ姿である。

船宿に着替えの服や釣具を預けてあるのだろうか。津上は通行人を装って、船宿に近づく気になった。

運転席のドアを開けかけたとき、須磨が五十代半ばの男と一緒に外に出てきた。その男は警察ＯＢの渡瀬耕次だった。

渡瀬は七、八年前に依願退職し、民間人になった。父親が興した事業を引き継いだ実兄が病死したため、社長になって、ガラス容器の製造販売を手がけている。現在、五十五だろう。

渡瀬は退官するまで、麻布署の生活安全課長だった。六本木は管内だ。現職中に須磨と面識ができたと思われる。

しかし、渡瀬は熱血刑事として知られた男だった。退職後は警察ＯＢの親睦会『葉桜の会』を結成し、殉職警官の家族の面倒を見ていた。

懲戒免職になった者たちは、再就職が難しい。そんな彼らを渡瀬は自分の会社に入れたりもしていた。

そうした善行が警察の会報に顔写真入りで記事にされていたから、津上は渡瀬のことは知っていた。

船宿から宿主らしい五十七、八の男が走り出てきて、須磨と渡瀬を少し先の船着場に導いた。屋形船が舫(もや)われていた。どうやら貸切りらしい。

船頭は宿主が務めるようだ。二人の客を先に船室に案内してから、機関室に入った。

屋形船は船着場を離れ、夜の東京湾に向かった。貸切りの屋形船の中なら、いくらでも密談はできるだろう。

渡瀬が亡兄から引き継いだ会社は業績が芳(かんば)しくないのか。従業員の給料を遅配しつづけるわけにはいかない。そこで、やむなく悪事に走る気になったのだろうか。

そうだとしたら、渡瀬は社員として迎え入れた元悪徳警官に恐喝材料を探させ、その情報を須磨に流したのかもしれない。『荒武者』のメンバーたちは後ろ暗いことをしている個人、企業、団体を脅し、丸裸にしたのか。そして、渡瀬と須磨は汚れた金を山分けにしているのだろうか。

津上は無線機を使って、友人に渡瀬のことを教えた。

――元警官の会社は火の車なんじゃないのかね。それで、須磨たちのグループに恐喝(カツアゲ)をさせてるんだろう。殺人(コロシ)の実行犯は、懲戒免職になって渡瀬の会社に入れてもらった元警官なんだろうな。モーターボートをチャーターして、屋形船を追うかい？

――まだ確証を摑んだわけじゃないんだ。船が戻ってきたら、渡瀬耕次を尾行してみよう。

――そうするか。

交信が終わった。

津上は半田の携帯電話を鳴らし、経過を伝えた。

「『葉桜の会』の世話人が『荒武者』を使って、悪行(あくぎょう)を重ねてるとは思いたくないな。しかし、貸切りの屋形船に二人だけで乗り込んだんだから、船室で悪謀を巡らせてると考えるべきだろうね。担当理事官に渡瀬の会社の経営状態を調べさせよう」

「お願いします」

「いったん切るよ」

半田が先に終了キーを押した。

渡瀬が一連の犯罪の黒幕なのか。首謀者にしては、小物(こもの)すぎる気もしないでもない。渡瀬はダミーの黒幕なのではないか。

刑事部長からコールバックがあったのは、小一時間後だった。

「渡瀬が兄からバトンタッチした会社は一年半ほど前に倒産しかけたようだ。しかし、どこで金策してきたか、四億数千万円の負債をきれいにして、江戸川に新社屋を建設し、埼玉県に新工場用の広大な土地を購入済みだそうだよ。須磨を動かしたのは、渡瀬耕次と考えられるね」

「そうなら、殺人の実行犯は元警官臭いですね。逸見は、かつての身内に命を奪われたのか。なんてことなんだ」

「嘆かわしいことだね。津上君、渡瀬をとことんマークしてくれ。警察ＯＢだからって、遠慮はいらないぞ」

「わかってます」

津上は通話を切り上げ、無線で滝に刑事部長から聞いた話を伝えた。

屋形船が船着場に接舷されたのは、午後十時数分過ぎだった。

下船した須磨は渡瀬に片手を挙げ、ロールスロイスの運転席に乗り込んだ。渡瀬はロールスロイスを見送ると、船頭と一緒に船宿に入った。

外に出てきたのは、およそ十分後だった。料金を払って、宿主と短い雑談を交わしただけなのだろう。

渡瀬は表通りに向かって歩きだした。タクシーを拾うのではないか。

車の向きを変えなければならない。津上はＢＭＷを脇道に入れ、シフトレバーをＲレンジに移した。

ちょうどそのとき、衝突音がした。人が撥ねられた音だった。ブレーキ音も耳に届いた。

津上は反射的に車を降り、船宿の前の通りまで走った。三、四十メートル前方に灰色のティアナが停止している。無灯火だ。

ティアナの斜め前の路面に渡瀬が倒れていた。俯せで、身じろぎ一つしない。ティアナの向こうに立ちはだかっているのは、滝だった。両手を水平に掲げている。

ティアナの運転席のドアが開けられた。

黒いキャップを被った男が飛び出し、津上のいるほうに駆けてくる。

「轢き逃げなんかさせないぜ」

「あっ！」

「おたくは……」

「どかないと、撃つぞ！」

本庁人事一課監察室の星野首席監察官が懐から拳銃を掴み出した。官給されているSIG(シグ)ザウエルP230だろう。

「渡瀬の黒幕は、あんただったのか。まさか逸見の直属の上司が一連の警察官殺しの首謀者だとは思わなかったよ」

「わたしは渡瀬の口を塞いでくれと、ある人物から頼まれただけで……」

「往生際が悪いな」

「本当なんだ。どかないと、本当に撃つ！」

「撃ちたきゃ、撃てよ」

津上はスエード・コートのインナーポケットから、二本のアイスピックを引き抜いた。

星野が拳銃のスライドを引く。津上はアイスピックを投げた。狙ったのは、右の二の腕だった。命中した。

星野が呻いて、手からハンドガンを落とした。津上は二本目のアイスピックを相手の左の太腿に埋めた。星野が唸(うな)りながら、ゆっくりと頽(くずお)れた。

津上は地を蹴った。星野に駆け寄って、顎を蹴り上げる。首席監察官が仰向けに引っくり返り、路面に頭部をぶつけた。骨が鳴る。

津上は足でSIG(シグ)ザウエルP230を道路の端に蹴り込み、二本のアイスピックの柄を摑んだ。

「渡瀬は、もう死んでる。そいつは誰なんだい？」

滝が走り寄ってきて、津上に訊いた。

「逸見の上司の首席監察官だよ」

「嘘だろ!?」

「この男が一連の犯罪のシナリオを書いたんだろう」

「ちがう。わたしは主犯じゃないっ」

星野が訴えるように言った。

「見苦しい野郎だ。もう観念しやがれ」

「わたしは参謀なんだよ」

「粘っても無駄だ」

津上は言うなり、二本のアイスピックの先端を筋肉の奥に沈めた。星野が歯を剝いて絶叫する。

「真の黒幕は別人だって？　ふざけるな！」

「渡瀬や『荒武者』の連中を動かしてたのは、警察庁の二神特別監察官なんだよ」

「なんだって!?」

「マスコミや一般警察官（ノンキャリア）には伏せられてるが、二神夫人の弟の防衛省キャリアは、中国大使館の二等書記官に日本の軍事情報を流してたんだ。義弟の不祥事で、東大出の二神さんも出世コースから外されてしまったんだよ。それで犯罪者たちから巻き揚げた金で企業を乗っ取って、財力を握る気になったんだ」

「そっちは、なんで二神の片棒を担（かつ）ぐ気になったんだ？」

「わたしはキャリアだが、東大や京大出身者のようには偉くなれない。地方の国立大出だからね。出身大学の格が少し落ちるからって、Ⅱ種合格の準キャリア組と同じように扱われるのは屈辱そのものだよ。だから、二神さんと同じように会社喰い（マージャー）になって、ビッグマネーを摑む気になったわけさ。財力さえあれば、ほとんどの夢は叶（かな）うからな」

「そっちは間抜けだよ。二神に人参をぶら提（さ）げられたんだろうが、渡瀬を轢き殺しちまった。殺人者じゃないかっ」

「二神さんだって、渡瀬に拾われた元警官の白根省吾（しらねしょうご）という三十四歳の男に逸見、田村、立花、天海優子の四人を始末させたんだから、殺人教唆罪で起訴されるだろう。下手したら、死刑だ。でも、わたしは十年前後の服役で仮出所するだろう」

「極刑が下（くだ）されなくても、そっちの人生は終わりだよ」

津上は冷ややかに言って、二本のアイスピックを乱暴に引き抜いた。先端の血糊を星野のパーカで拭い、インナーポケットに戻す。

「どうしてこんなことになってしまったんだっ」

星野が路上に坐り込み、両の拳で路面を叩きつけはじめた。

津上は半田に電話をかけ、正規捜査員の出動を要請した。それから星野のベルトを抜き、街灯のポールに括りつけた。七、八分すると、遠くから覆面パトカーのサイレンが響いてきた。

「事情聴取につき合ったら、風邪をひきそうだな。滝、おれたちは消えよう」

「いいのか?」

「風邪で熱を出したら、友香梨と睦み合えなくなるじゃないか。それは困るんだよ」

津上はにっと笑って、BMWに駆け寄った。


五日後の昼下がりである。

津上は、滝と並んで逸見の墓の前に立っていた。前日に首謀者の二神は五件の殺人教唆容疑で起訴された。

むろん、白根と星野の殺人罪も立件された。須磨を含めて『荒武者』たち十七人のメンバーが恐喝罪及び監禁罪で地検送りになった。荻は郷里の知人宅で見つかった。

黒幕の二神がアンダーボスの渡瀬を使って半グレ集団に脅し取らせた総額は、驚くことに五百億円以上だった。そのうちの半分が二神の取り分で、残りの約二百五十億円は渡瀬と須磨が折半していた。二神の取り分のうち、星野に渡されたのはわずか二億円だった。

逸見の上司は、うまく二神に利用されたのだろう。被疑者たちの供述で、悪徳刑事の田村と立花が逆襲に出て、二神を強請っていたことも明らかになった。天海優子は警察庁の特別監察官に服役中の『蒼い旅団』の幹部たちを脱走させろと迫ったらしい。

逸見は殺害された日の翌日に警視総監と警察庁長官に会って、内部告発する気でいたようだ。その話は、きょうの午前中に報酬の三百万円を貰ったときに半田刑事部長から聞いた。

「津上、これで故人も成仏できるよ」

「そうだな。滝、おまえが着てるダウンパーカ、いいじゃないか。おれに似合うかな。ちょっと着させてくれ」

津上は言って、着ているスエードのコートを脱いだ。滝が同じようにダウンパーカを脱ぐ。

津上は自分のコートを小脇に抱え、滝のダウンパーカを受け取った。スエード・コートから百五十万円入りの封筒を抜き取り、ダウンパーカの内ポケットに移す。

「安物だよ」

「確かに布地が安っぽいね。ちょっと買う気にならないな。返すよ」

「この野郎、殴るぞ」

滝が苦く笑って、引ったくったダウンパーカを羽織った。

異変に気づかない。内ポケットにタブレットが入っているので、重くなったことがわからなかったのだろう。

そのうち、滝は札束に気づくはずだ。そのときは、空とぼけることにしよう。

「おれの店で、改めて弔い酒を飲もうや」

「いいね」

二人は逸見家の墓標に一礼し、境内に足を向けた。

津上は歩きながら、空を仰いだ。晴天だった。

著者注・この作品はフィクションであり、登場する人物および団体名は、実在するものといっさい関係ありません。

雇われ刑事

一〇〇字書評

切り取り線

購買動機（新聞、雑誌名を記入するか、あるいは○をつけてください）	
□（　　　　　　　）の広告を見て	
□（　　　　　　　）の書評を見て	
□ 知人のすすめで	□ タイトルに惹かれて
□ カバーが良かったから	□ 内容が面白そうだから
□ 好きな作家だから	□ 好きな分野の本だから

・最近、最も感銘を受けた作品名をお書き下さい

・あなたのお好きな作家名をお書き下さい

・その他、ご要望がありましたらお書き下さい

住所	〒				
氏名		職業		年齢	
Eメール	※携帯には配信できません	新刊情報等のメール配信を 希望する・しない			

この本の感想を、編集部までお寄せいただけたらありがたく存じます。今後の企画の参考にさせていただきます。Eメールでも結構です。

いただいた「一〇〇字書評」は、新聞・雑誌等に紹介させていただくことがあります。その場合はお礼として特製図書カードを差し上げます。

前ページの原稿用紙に書評をお書きの上、切り取り、左記までお送り下さい。宛先の住所は不要です。

なお、ご記入いただいたお名前、ご住所等は、書評紹介の事前了解、謝礼のお届けのためだけに利用し、そのほかの目的のために利用することはありません。

〒一〇一－八七〇一
祥伝社文庫編集長　坂口芳和
電話　〇三（三二六五）二〇八〇

祥伝社ホームページの「ブックレビュー」からも、書き込めます。
http://www.shodensha.co.jp/bookreview/

祥伝社文庫

雇(やと)われ刑事(けいじ)

平成25年2月20日　初版第1刷発行

著　者　南(みなみ)　英男(ひでお)
発行者　竹内和芳
発行所　祥伝社(しょうでんしゃ)
東京都千代田区神田神保町3-3
〒101-8701
電話　03（3265）2081（販売部）
電話　03（3265）2080（編集部）
電話　03（3265）3622（業務部）
http://www.shodensha.co.jp/
印刷所　堀内印刷
製本所　ナショナル製本
カバーフォーマットデザイン　芥　陽子

Printed in Japan ©2013, Hideo Minami ISBN978-4-396-33816-9 C0193